茶

Full BLOOM

MARIKO NEKONO

Moriyamaryo de Hana ga Saku
by Mariko Nekono

Inhalt

Full BLOOM

FULL BLOOM - KAPITEL 1

FULL BLOOM -
KAPITEL 1

KANNST DU DICH NOCH DARAN ERINNERN?
BEIM JOBTRAINING IST MIR DANN KLAR GEWORDEN...
... WAS FÜR EIN TOLLER MENSCH DU BIST, MATSUBARA!
DIESE ...
LINS
DANKE ...
DAS IST LIEB ...
UND GESTERN HAST DU SOGAR EINER SCHWER BEPACKTEN ALTEN FRAU ÜBER DIE STRASSE GEHOLFEN.
WIR IN DER BUCHHALTUNG FINDEN JA ALLE, DASS DU UNGLAUBLICH NETT BIST.
GESPRÄCHE MIT MÄDELS ...

... LIEGEN MIR GAR NICHT!
DIE GESPRÄCHE SIND OBERFLÄCHLICH ...
... UND DAUERN EWIG.
DIE FÜNF MINUTEN SIND LÄNGST UM...
WARUM AUSGERECHNET HEUTE, WO'S IN DER MENSA DOCH...
GEHST DU MIT UNS MITTAG-ESSEN, MATSUBARA?
ICH WOLLTE EIGENTLICH IN DIE MENSA...
KOMM, NUR AUF EINEN KAFFEE!
SEEEUFZ
... SALZMAKRELE GEGEBEN HÄTTE!
ICH PECHVOGEL!
ENDLICH IST DIE PAUSE UM...
TOCK
ALSO ...
ICH MUSS LANGSAM ZURÜCK AN DIE ARBEIT.
HASP
SAG MAL, MATSU-BARA...
BIST DU NOCH ZU HABEN?!
WAS ...?
STUTZ
BOOOHR
ZU HA-BEN?
ICH?
SORRY!

ABER DER HIER...
GRIP
WAH!
GRIIINS
KRALL
KRALL
KNUUUTSCH♥
... GEHÖRT NUR MIR!
KARIYA ...?
KYAAA-AAH!!!
HA, HA!
HAST DU IHRE GESICHTER GESEHEN?

UNGLAUBLICH!
DABEI HAB ICH DOCH NUR SPASS GEMACHT!
REIB
REIB
BROOODEL
HEY, KOMM UNS NICHT IN DIE QUERE!
HASSERFÜLLTE FRATZEN EINES DÄMONS!! ☆
TOT
WUNDERT DICH DAS?
EINEN KUSS ZWISCHEN ZWEI MÄNNERN WILL VIELLEICHT NICHT JEDER SEHEN...
UND DER ABTEILUNGSLEITER SAGT NOCH: »VERTRAG DICH GUT MIT DEN MÄDELS AUS DER BUCHHALTUNG«...
HÄ? GLAUBST DU ECHT, DAS WAR DER GRUND FÜR DAS GEZETER?
WAS DENN SONST, BITTE?
UND WARUM MUSST DU MICH EIGENTLICH IMMER AUFZIEHEN?
ACH SCHNUCKI!
ICH KONNTE NICHT ANDERS, ALS ICH DEIN LANGES GESICHT GESEHEN HAB!
OKAY, DAS REICHT JETZT ECHT!
UND NENN MICH NICHT SCHNUCKI, IST VOLL NICHT SÜSS!
ALTER, DANN SAG DOCH EINFACH NEIN.
WENN DU KEINEN BOCK AUF DIE MÄDELS HAST, SOLLTEST DU EHRLICH SEIN!
HMPF ...

WENN DAS NUR SO EINFACH WÄRE ...
ICH ...
ICH BIN EBEN NICHT SO SCHLAGFERTIG WIE DU, KARIYA...
HMM ...
ALSO LÄSST DU DICH EINFACH MITSCHLEPPEN?
UND DU WILLST EIN GUTER GESCHÄFTSMANN SEIN?!
BONK
URGH
VERBALE GEWALT
SCHOOOCK
KOMM SCHON, ICH...
WAH!
WAR NICHT SO GEMEINT!
EIGENTLICH BEWUNDERE ICH JA, DASS DU JEDEM GEGENÜBER IMMER SO AUFRICHTIG BIST! WIRKLICH!
KANNST DU DIR SPAREN ...
ICH LAD DICH ZUM ESSEN EIN, OKAY? SEI MIR NICHT BÖSE!
KARIYA ...
... IST MEIN KOLLEGE IN DER VERKAUFSABTEILUNG.
MIT EINEM WORT AUSGEDRÜCKT ...
KOMMUNIKATIONSTALENT
SPITZENLEISTUNG SEIT SEINEM EINSTIEG
MIT 30 BEREITS ASSISTENT DES ABTEILUNGSLEITERS
... EIN ÜBERFLIEGER!

AKTIVITÄTEN
NAME
ZIEL
RÜCKKEHR
MADA
DIENSTREISE NACH OSAKA
NAKAMURA
25.
YAMAMOTO
NISHINO
FIRMA TOBIDE
INOUE
DIENSTREISE NACH OSAKA
OKU
25.
KARIYA
OGATA
MIYAYAKI
MIKI
MURAOKA
MATSUBARA
16:06
FUJI
ER IST NOCH UNVERHEIRATET...
... HAT UNTER KOLLEGEN UND VORGESETZTEN ABER ZAHLREICHE VEREHRERINNEN.
ER VERKÖRPERT DEN IDEALEN ANGESTELLTEN...
ACH, STIMMT ES EIGENTLICH...
... DASS DU IM MORIYAMA-WOHNHEIM LEBST?
JA, WIESO ...?
DAS FRAGST DU NOCH? WEIL DAS ÜBER 'NE STUNDE VON HIER WEG IST!
FLUSTER
ES LIEGT MITTEN IN DEN BERGEN UND IST SCHON URALT.
OBWOHL ES IN DER NÄHE DER FIRMA INZWISCHEN EXTRA EIN WOHNHEIM FÜR LEDIGE ANGESTELLTE GIBT...
NA UND?
ICH BIN EIGENTLICH GANZ ZUFRIEDEN.
DORT IST MAN UMGEBEN VON NATUR ...
... UND ES IST NICHT SO LAUT WIE IN DER STADT.

DER SANFTE WIND...
UND DIESES WOHLIGE LICHT...
DER DUFT VON BÄUMEN IN DER LUFT...
IMMER WENN ICH DORT BIN...
... FÜHLE ICH MICH, ALS WÄRE ICH IN MEINEM ZUHAUSE AUF DEM LAND.
ICH KANN DORT GUT AB-SCHAL-TEN.
...
HMM ...
KLINGT INTERES-SANT.
DARF ICH MAL VORBEI-SCHAUEN?
...
ES WÜRDE DIR DORT NICHT GEFALLEN, KARIYA.
WARUM NICHT ...?
UND IN DER BRUCHBUDE WOHNEN MIT MIR NUR DREI LEUTE...
NUR DREI?!
ZU DER JAHRESZEIT WIMMELT ES DA NUR SO VON KAKER-LAKEN!
KAKER-LAKEN SIND EKLIG!
JEDER ANDERE HÄTTE SICH WOHL GE-FREUT, IHN EINZULADEN ...
ABER NICHT ICH...

VIELLEICHT SPRICHT DA JA DAS SPIESSIGE LANDEI AUS MIR...
SOLL ICH UNGEZIEFER-SPRAY MITBRINGEN?
ABER DIE KAKER-LAKEN IN DEN BERGEN SIND BESTIMMT ÜBELST ZÄH, ODER?
... ABER DIESE BEREITSCHAFT, MIR NICHTS, DIR NICHTS AUF ANDERE ZUZUGEHEN...
... UND DANN NOCH ...
... DIESER ERFOLGSDRUCK IN DER GROSSSTADT...
DAS ALLES ...
... FÄLLT MIR SCHWER ...
HAST DU DICH NACH DEM KUSS ETWA IN MICH VERLIEBT?
SAG BLOSS?
HE...
WUSCHEL
WUSCHEL
WUSCHEL
SEI DOCH NICHT SO, ICH MAG SO BLAUÄUGIGE LEUTE WIE DICH EINFACH!
LASS DAS DOCH!
ALSO!
VIEL ERFOLG NOCH HEUTE! ♥
GENAU MIT SO WAS KANN ICH NICHT UMGEHEN!
VER-STRUBBELT

EIGENTLICH WEISS ICH JA BESCHEID ...
DASS ICH SO SCHLECHT IM UMGANG MIT MÄDCHEN BIN...
... DASS MIR DIE STADTLUFT NICHT LIEGT...
... UND DASS ICH KARIYA PARTOUT NICHT ABKANN...
ALL DAS LIEGT NUR DARAN...
... DASS ICH SO UNREIF BIN!
HAH ...
BIN ICH KAPUTT ...
SEUFZ
DIE KUNDENBESUCHE WÄREN FÜR DEN MONAT ABGEHAKT ...
KARIYA HÄTTE DAS BESTIMMT ALLES MIT LINKS GEMEISTERT ...
GLP
ICH BIN SCHON WIEDER NEIDISCH ...

ICH KANN IHM EINFACH IN KEINERLEI HINSICHT DAS WASSER REICHEN.
ICH GÖNNE IHM NICHTS UND BIN IMMER NUR NEIDISCH ...
DABEI IST KARIYA EIGENTLICH EIN LIEBER KERL, DER MIR SCHON OFT WEITER-GEHOLFEN HAT.
UND DENNOCH ...
WANN BIN ICH NUR SO KALT-HERZIG GEWOR-DEN?
UGH...
ICH GEH ERST MAL WAS ESSEN...
KNURRR
GRRRMBL
SALZ-MAKRELE WÄRE TOLL, DIE HAB ICH HEUTE JA VERPASST ...
GIBT'S DAS HIER IRGENDWO?
TSCHACK
ICH HAB DOCH GESAGT, DASS ICH NICHT WILL!!
HASP

WAS IST DA LOS...?
STREITEN DIE SICH ...?
AH ...
IST DAS NICHT KARIYA ...?!
WAS MACHT DER HIER ...?
HÖR AUF!
LOSLASSEN!!
EGAL, DAS IST GERADE UNWICHTIG!

ICH MUSS IHM HELFEN ...

OBWOHL ICH VORHATTE, IHM ZU HELFEN...
... STAND ICH WIE ANGEWURZELT DA.
SSST
WEIL ICH DAS GEFÜHL HATTE...

... ETWAS VERBOTENES GESEHEN ZU HABEN.
MATSU-BARA?!
RUMPEL RUMPEL KNURR KNURR GROOOLL
DA-NACH ...
... WOLLTE ICH NUR NOCH EINES: AUF DIREKTEM WEG NACH HAUSE.
ABER ICH KONNTE KEIN AUGE ZUMACHEN.
ICH HATTE BÄREN-HUNGER UND DIE SACHE MIT KARIYA GING MIR NICHT MEHR AUS DEM KOPF.
RUMPEL RUMPEL KNURR KNURR
GROOOL
ERST STREITEN SIE, UND DANN EIN KUSS...? UNTER MÄNNERN...? DAS ERGAB KEINEN SINN, ALSO HAB ICH NACHGESCHAUT.
HM?
ALGEN-CHIPS
CRUISING SPOT
WAS SOLL DAS DENN SEIN ...?
ICH FAND HERAUS, DASS SICH IN DEM PARK VORWIEGEND SCHWULE VERABREDEN ...
HEY.
DAS HEISST ALSO...
... WENN KARIYA DORT EINEN ANDEREN MANN GEKÜSST HAT...
... DANN IST ER...
GRÜBEL
GRÜBEL
GRÜBEL
GRÜBEL
MATSU-BARA!

HEY, MATSU-BARA!!
... KLIPP UND KLAR SCHWUL!
DANN WARST DAS ALSO DOCH DU...
GROLL
... DEN ICH IM PARK GESEHEN HAB?
はっ
ZUCK
KOMM MAL MIT!
WAMM
WAMM
HE?!
ABER ICH HAB GLEICH EINE BE-SPRECHUNG ...!
WAS?
WAS IST DA LOS?
BAMM
SAG, DU VERSPÄ-TEST DICH! IST EIN NOTFALL!
BAMM
DAS IST DOCH ALBERN ...!
BAMM
PATAMM
HH ...
HH ...
HH ...
HH ...
KONFERENZRAUM A 302

BOAH ...
SCHLUCK
IST DAS PEINLICH ...
DER IST...
... STINK-SAUER...
KEIN WUNDER... WEIL ICH IHM NICHT GEHOLFEN HABE...
ABER SCHLUSS-ENDLICH HAT ER DEN TYPEN DOCH GEKÜSST...
ODER IST ER SAUER, WEIL ICH IHN GESE-HEN HABE? DAS KAM SO UNERWARTET, DASS ICH GAR NICHT ANDERS KONNTE ALS HINZUSEHEN. WAR JA KEINE ABSICHT.
DESWEGEN MUSS ER MIR DO NICHT
BÖSE SEI USSERDEM I ESER
PARK DO EKANNT ALS FÜR
EGNI GEN...
MATSU-BARA.
HEY, MATSU-BARA!
HÖRST DU MIR EIGENT-LICH ZU?!
ZUCK
OH!
JA, ENTSCHUL-DIGE!
ICH FRESS DICH SCHON NICHT, ALSO MACH DICH LOCKER.
WORUM GEHT'S EIGENT-LICH...?
KNARZ
SEI NICHT SO VER-KRAMPFT.
DAS SAGT SICH LEICHT!

WEGEN GESTERN ...
ICH WOLLTE DICH BITTEN, DAS FÜR DICH ZU BEHALTEN.
AUF DER ARBEIT DARF AUF KEINEN FALL RAUSKOMMEN, DASS ICH SCHWUL BIN, SONST BIN ICH GELIEFERT.
...
ÄH ...
GLAUBST DU ECHT, DAS WÄRE SO EIN GROSSES PROBLEM?
ICH MEINE... NEULICH HABEN DOCH AUCH ALLE GESEHEN, WIE DU MICH ABGE-KNUTSCHT HAST...
TSCH
KNU
DU TROT-TEL!
WIPP
DAS WAR DOCH NUR SPASS. ÜBER SO WAS KÖNNEN HIER ALLE LACHEN.
ABER WENN DIE MITKRIEGEN, DASS ICH WIRKLICH AUF TYPEN STEHE...
... DANN IST SCHLUSS MIT LUSTIG. DANN WERDEN MICH ALLE MEIDEN.
AUSSER-DEM...

... KANN ICH MIR MEINE KARRIERE DANN ABSCHMINKEN.
DANN MACH ICH NUR NOCH PAPIERKRAM...
... ODER IM SCHLIMMSTEN FALL FEUERN DIE MICH.
...
ABER ...
IN UNSERER HEUTIGEN ZEIT IST SCHWULSEIN DOCH KEIN PROBLEM MEHR...
DOCH!
WENN UNS DAS VERSTÄNDNIS FÜRS GEGENÜBER FEHLT, SIND WIR ALLE ABWEISEND.
VERSTÄNDNIS...?
IST ES DAS, WAS MIR KARIYA GEGENÜBER FEHLT...?
STIMMT SCHON, DASS DURCH DIE MEDIEN DIE AKZEPTANZ FÜR HOMOSEXUELLE GESTIEGEN IST.
DAS GILT JEDOCH VORWIEGEND FÜR PROMIS UND HAT MIT DER REALITÄT NUR BEDINGT ZU TUN.

ICH SPRECHE AUS ERFAHRUNG.
SOBALD DIE LEUTE KAPIEREN, DASS IN IHRER NÄHE JEMAND VOM ANDEREN UFER IST...
Mit 'nem Kerl? Nie im Leben, haha!
Unfassbar! Einfach so...
Ist der schwul?
Boah, wie eklig! LOL
Der hat mir gesagt, dass er mich gut findet! LOL
... WENDEN SICH DIE MEISTEN ANGEEKELT AB.
Geht ja gar nicht!
BADOMM
DU BIST JA...
... AUCH DAVONGERANNT!
BADOMM
ABER NICHT...
... WEIL ICH ANGEEKELT WAR.

ICH HAB MICH ...
DAS HAT DICH ...
... OHNE ES ZU WOLLEN FALSCH VERHALTEN ...
... SCHOCKIERT ...
TUT MIR LEID...
DAMIT HABE ICH...
... KARIYA VERLETZT...
KLACK
NA JA...
VER-GESSEN WIR DAS EINFACH, OKAY?
SCHNIPS
AU!
MACH DIR NICHTS DRAUS.
FÜRS ERSTE WÄRE ICH DIR DANKBAR, WENN DU NIEMANDEM WAS SAGST.
JA, KLAR...
ABER NUR FÜRS ERSTE...?

ICH WILL JA...
... KARRIERE-TECHNISCH NOCH RICH-TIG DURCH DIE DECKE GEHEN!
FUNKEL
WIE ...?
UND WENN ICH ERST MAL GANZ OBEN BIN, KANN MIR NIEMAND MEHR WAS! DANN SOLL ES JEDER WISSEN!
PU! ふ
HA! は
HA! は
HA! は
HA! は
HA!
ERST WERDE ICH KOHLE SCHEFFELN WIE BLÖD, UND DANN SETZE ICH MICH...
... AUF IRGENDEINER TROPISCHEN INSEL ZUR RUHE UND FEIER MEIN SCHÖNES HOMOLEBEN!
ぽかん
BAFF
ÄH... KARIYA ...?
IST ES GUT SO, MEISTER KARIYA?
Hottie
GENAU SO! GENAU SO!
FÄCHEL
FÄCHEL
KLINGT DAS NICHT GROSS-ARTIG?!
EXOTISCHER TANZ
RASSEL
RASSEL
RASSEL
RASSEL
...
WO KOM-MEN DIE MARACAS HER...?
ALSO ECHT ...
HMPF

DER LÄSST SICH NICHT UNTER-KRIEGEN!
HA! HA!
DAS WÜRDE DIR GUT STEHEN!
WOW ...
DU HAST ZUM ERSTEN MAL GELACHT ...
WO-HOOO ...!!!
HM?
WAS DIE SACHE ANGEHT ...
UND ICH DACHTE IMMER ...
SMILE

... KARIYA HÄTTE KEINERLEI SORGEN.
ICH ...
... SAG NIEMANDEM WAS!
ABER WIR ALLE ...
... HABEN UNSER PÄCKCHEN ZU TRAGEN.
BEI MIR...
... IST DEIN GEHEIMNIS SICHER!
O...
OKAY. ZURÜCK AN DIE ARBEIT.
JA.
ALSO ...
ICH HAB HIER JETZT EIN MEETING.
DIE WARTEN SCHON.
BTAMM
KARIYA WIRKT NUR SO STARK ...
... WEIL ER INNERLICH EINEN KAMPF AUSTRÄGT.
GEGEN VORURTEILE...
... UND DISKRIMINIERUNG...
ER WILL SICH BEHAUPTEN.

UND ICH HAB IHN FÜR EINEN ALL-GLATTEN KARRIERE-TYPEN GEHALTEN.
ICH HAB IHN ZU UNRECHT VER-URTEILT...
WEIL ICH MICH IMMER NUR OBER-FLÄCHLICH MIT ANDEREN AUSEINANDER-SETZE.
DAS MUSS SICH ÄNDERN...
ICH HOFFE...
... DASS SEIN TRAUM SCHNELL IN ERFÜLLUNG GEHT.
ICH WÜNSCHTE...
... ICH KÖNNTE IHM AUF SEINEM WEG IRGENDWIE WEITERHELFEN...
KLACK
KANN ICH DENN GAR NICHTS TUN...?
ICH BIN JA NICHT MAL AUF DER ARBEIT EINE GROSSE HILFE...
HACH...
ABER...
WAS IST ÜBERHAUPT LOS MIT MIR...?
BIS GERADE EBEN KONNTE ICH KARIYA NICHT MAL AUSSTEHEN...

ABER JETZT ...
... FINDE ICH IHN GAR NICHT MEHR SO SCHLIMM ...
HAST DU DAS GESE-HEN?!
MATSUBARA HAT GERADE GELACHT!
DER IST EINFACH ZU SUSS!
SQUIEK
GUT ...
BLINZEL
IST ER WEG?
MATSUBARA IST NICHT MEHR HIER, ODER?
PUUUH ...
RAUF
BOAAAAH!!
WAR ICH VIELLEICHT NER-VÖÖÖS!!

ICH HAB MICH JA NUR EIN BISSCHEN AMÜSIERT, UND GERADE ER MUSSTE ES SEHEN...!
UND AUSGERECHNET DANN, WENN'S AUCH NOCH NACH HINTEN LOSGEHT ...!
HAT EINEN KERL IN EINER SCHWULENBAR AUFGERISSEN UND WOLLTE IHN MIT AUFS HOTELZIMMER NEHMEN. DER WOLLTE IHN JEDOCH IN DEN PARK ZERREN UND ES DORT UNTER FREIEM HIMMEL MIT IHM TREIBEN!
ICH DACHTE, ICH MUSS STERBEN ...!!!
ZUM GLÜCK WAR ER ...
... NICHT ANGEWIDERT...
SEUFZ
DEM RISIKO ZUM TROTZ, IRGENDWANN WEGEN SEXUELLER BELÄSTIGUNG ANGEZEIGT ZU WERDEN...
HU, HU, HU, HU, HU...
... HAT ES SICH WOHL DOCH GELOHNT, IHM EIN WENIG AUF DIE PELLE ZU RÜCKEN...!
* BITTE NICHT NACHMACHEN!
ER HAT GETAN ...
... ALS OB'S IHM NICHTS AUSMACHT.
SEIN LÄCHELN ...
GEHÖRT ECHT VERBOTEN ...

WAS KÖNNTE ICH TUN ...
... UM IHM NOCH EIN STÜCK NÄHERZU-KOMMEN...?
プルルル
VRRR
プルルル
VRRR
ARBEIT
HALLO?
Spreche ich mit Herrn Kariya aus dem Verkauf?
JA, AM APPARAT ...
Hier ist das Sekreta-riat.
Sie hatten sich bezüglich des Moriyama-Wohnheims erkundigt.
Ich habe erfreuliche Nachrichten für Sie.
JA...
ZU DEM ZEITPUNKT ...

... WAR MIR NOCH IN KEINSTER WEISE BEWUSST ...
... WIE SEHR ICH MICH VERÄNDERN WÜRDE.
MORIYAMA
RUMMS

WAS WAR DAS ...?
KLACK
SHINODA PENNT ÜBERS WOCHENENDE IMMER WO-ANDERS...
GÄHN
... UND KINE STEHT DOCH VOR ZWÖLF UHR NIE AUF...
RUMPEL POLTER
UWAH!
PAMM KARUMMS
AH ...
UH ...
KULLER KULLER
SST
WER IST DA...?
HEPP
PUH ...
NIE IM LEBEN HÄTTE ICH MIR TRÄUMEN LASSEN...

YO!
KARIYA?!
... DASS ICH MICH...
PER-FEKTES TIMING!
ICH WOHNE AB HEUTE NÄMLICH AUCH HIER.
AUF GUTES ZU-SAMMEN-LEBEN!
... IN IHN VERLIEBEN WÜRDE.

Full
BLOOM

FULL BLOOM -
KAPITEL 2
MORIYAMA
PAMM
PAMM
PAMM
MOON
BEHALTE DIE NERVEN!
DU... HAST GERADE EINEN LAUF...!

** EINE HAND / SET VON STEINEN IM MAH-JONGG.

* MIT DIESEM RUF VERKÜNDET MAN SEINEN SIEG IN DER JAPANISCHEN VERSION VON MAH-JONGG.

WIE ES...
... DAZU KOMMEN KONNTE?
ALLES NAHM AN DIESEM MORGEN SEINEN LAUF...
KYAAAH!
BITTE NICHT!
PAMM
HIERGEB-LIEBEN!
PAMM
PAMM
ÄHM ...
WIE MEINST DU DAS, DU WOHNST JETZT HIER ...?
FWUMM
SAG NICHT, DU...
DOCH, ICH BIN UMGE-ZOGEN.
GRINS
WARUM?!
DEINE WOHNUNG WAR DOCH NUR EINE STATION VON DER ARBEIT ENTFERNT?!
JA, MAG SEIN ...
PRAK-TISCHER HÄTTEST DU'S NICHT HABEN KÖNNEN!

UND DA GAB'S IN DER NÄHE KEINE OPTIONEN?
!..
HAT SICH HALT GRADE EINFACH ANGEBOTEN, IN DIESER JAHRESZEIT.
AUSSERDEM GEHE ICH JA NUR ZUM SCHLAFEN HEIM...
... DA KANN ICH AUCH IN EIN GÜNSTIGERES WOHNHEIM ZIEHEN UND MIETE SPAREN.
ICH HAB 'NEN WAGEN GELIEHEN, HILFST DU MIR KURZ, DIE KISTEN ZU TRAGEN?
HOPPLA!
WUMM
ALTER, DU WILLST WOHL GAR NICHT, DASS ICH HIER WOHNE, ODER?
DAS IST ES NICHT...
ER KOMMT EINFACH NUR AUS EINER GANZ ANDEREN WELT...

KANN JA VERSTEHEN, DASS DU NICHT MIT 'NEMKOLLEGEN AUS DERSELBEN ABTEILUNG UNTER EINEM DACH WOHNEN MAGST...
JEDER WILL SCHLIESSLICH SEINE RUHE HABEN.
PFT!
ACH, KOMM SCHON!
NA JA...
DAS IST EIGENTLICH NICHT SO DAS PROBLEM ...
ICH HÄTTE MEINETWEGEN AUCH IRGENDWAS IN DER NÄHE GESUCHT...
... ABER WEISST DU...
... IM WOHNHEIM TEILT MAN SICH DOCH MIT ALLEN DAS BAD UND DIE TOILETTEN.
WAS GLAUBST DU WOHL, WAS LOS WÄRE, WENN ICH ALS SCHWULER IN EIN BAD VOLLER MÄNNER KÄME?
ÄH...
EINS, ZWO ...
DAAAMPF
HFF
HFF
... LIBIDO ...?
PRUUUST

FÜR ALT-HERRENWITZE BIST DU DOCH NOCH VIEL ZU JUNG!
AHAHAHAHA!
ALS OB IM BAD DIE LIBIDO MIT MIR DURCH-GEHEN WÜRDE!
SCHÄÄÄM
ER HAT MICH DOCH NACH MEINER MEINUNG GEFRAGT ...!
HMPF
SCHERZ BEISEITE.
'TSCHULDIGE!
WEISST DU, JE MEHR LEUTE AUF EINEM HAU-FEN WOHNEN, DESTO EHER WÜRDE ICH AUFFLIEGEN.
DESWEGEN HAB ICH NACH EINEM RUHIGEREN WOHNHEIM GESUCHT UND BIN AUF DIESES HIER GESTOSSEN.
ACH SO ...
HAT ER DESWEGEN GESAGT, ER WÜRDE GERN MAL VORBEI-SCHAUEN?
UND ICH DACHTE, DER WOLLTE MICH EIN-FACH MAL BESUCHEN KOMMEN...
ZAUDER
WARUM SOLLTE ER DAS AUCH WOLLEN?
ICH HALTE MICH FÜR ZU WICH-TIG...
MEGA, DAS WÄRE GE-SCHAFFT.
KNACK
KNACK
ALSO ...

WELCHES ZIMMER IST NOCH ZU HABEN?
ÄH ...
IN DER 103 WOHNT SHINODA AUS DER PRODUKTIONS-ABTEILUNG...
... UND IN DER 108 KINE AUS DER MEDIEN-ABTEILUNG.
ICH WOHNE IM ZIMMER 205, ALLE ANDEREN SIND SOMIT FREI...
ICH NEHM DAS HIER.
IST AM NÄCHSTEN.
110
KLACK
ÄH, ALSO DAS...
?
KRUIIIK

BATAMM

ALTER!
PA
LAG DA GERADE 'NE TOTE FRAU RUM?!
TSCH
ÄH ...
OB SIE NUN TOT IST ODER VIEL-MEHR NICHT LEBENDIG...
KLACK
HEY!
DIE BUL-LEN!
WIR MÜS-SEN DIE BULLEN RUFEN!
BERUHIG DICH, KARIYA.
TAPP
TAPP
WAS?!
BERUHIGEN SOLL ICH MICH?
DAS HIER ...
... IST NUR EINE PUPPE.
FLUPP

EINE…
… PUPPE …?
ECHT JETZT?
DEIN ERNST?
EIN EHEMALIGER MITBEWOHNER HAT DIESE LEBENSECHTEN PUPPEN GESAMMELT.
ALS ER GEHEIRATET HAT, MUSSTE ER SIE ENTSORGEN.
BIS AUF DIE HIER, DIE HAT ER AUS IRGENDEINEM GRUND ZURÜCKGELASSEN…
KLAPP
SAG NICHT, DAS IST EINE SEXPUPPE…?
?
SAG DOCH SO WAS NICHT! DAS WÄRE JA EIN GRUND, SIE WEGZUWERFEN, ABER ICH HÄNGE IRGENDWIE AN IHR.
SIE STÖRT JA AUCH KEINEN…
KÖNNTEST DU EINFACH SO EINE PUPPE ENTSORGEN…? DIE WIRKT SCHON SO GRUSELIG, UND WENN DIE GEFÜHLE IHRES BESITZERS NOCH AN IHR HAFTEN, WERDEN WIR NOCH VERFLUCHT!
DAS IST NICHT LUSTIG! HÖR AUF!
OKAY, BELASSEN WIR ES EINFACH DABEI!
WIRF SIE WEG, MANN!
KÜMMERN WIR UNS LIEBER UM MEIN ZIMMER.
DAS HIER WAR WOHL NICHTS, ALSO NEHM ICH DAS NEBENAN …
KLACK
ÄH, DORT …

BSSS
BSSSSSS
BIENEN
BSSSSSS
ZAPAMM
HIER HAT MAL JEMAND BIENEN GEZÜCHTET UND DAS VOLK ZURÜCK-GELASSEN, ALS ER AUSGEZO-GEN IST...
DAS IST VOLL GE-FÄHRLICH, MANN!
ABER WIR HOLEN MANCHMAL FRISCHEN HONIG, ALSO DACHTE ICH, DAS GEHT IN ORDNUNG...
DAS FENSTER IST JA OFFEN, UND SOLANGE MAN DIE TÜR ZULÄSST, IST DAS OKAY...
NICHT OKAY!
DANACH HAT KARIYA NOCH DIE ANDEREN ZIMMER BE-SICHTIGT...
UWAAAH!
DA DRIN LIEGT EIN VERFLUCHTES AMULETT!
DAS IST DIE VERBOTENE KAMMER!
MIAAAAU!
EINE KATZE! DA IST 'NE KATZE!
ICH KOMM ECHT GAR NICHT MIT KATZEN KLAR!
MAAAUNZ
ABER DIE IST DOCH SO PUTZIG!
... DOCH WOLLTE IHM KEINS SO RICHTIG GEFALLEN.

ICH BIN JA ÜBERZEUGT DAVON, DASS UNSER WOHNHEIM FÜR KARIYA NICHT DAS RICHTIGE IST...
MATSUBARA...
GIBT'S HIER DENN KEIN NORMALES ZIMMER ...?
HFF
HFF
EINS OHNE IRGENDWAS DRIN... EIN KOMPLETT LEERES...
BIST DU OKAY ...?
WENN DU SO FRAGST ...
DA IST NOCH DAS ZIMMER NEBEN MEINEM ...
WOW!
IST DAS SCHÖN!
UND DIE AUSSICHT ERST!
TOLL, ODER?

SWPP
ICH KANN VERSTEHEN, DASS ES DIR HIER GEFÄLLT...
...
KARIYA ...
ICH WUSSTE JA, DASS ER GUT AUS-SIEHT...
... ABER AUS DER NÄHE BETRACH-TET IST ER RICHTIG HÜBSCH...

WEIL DU SO SCHÖN BIST...
...
...
...
G...
WEISST DU... ES MACHT MIR GAR NICHTS AUS, ZUSAMMEN MIT DIR UNTER EINEM DACH ZU WOHNEN...
ABER DU VERWIRRST MICH EINFACH...
GLOTZ DOCH NICHT SO! DU MACHST MICH GANZ VERLEGEN!
GRAAAH
HM?
TUT MIR LEID.
DA IST NUR EINE KAKERLAKE. HINTER DIR, AM FENSTERRAHMEN...
DIE HAB ICH ANGESTARRT.
KRABBEL
KRABBEL
KRABBEL
DER
SCHAU
UWAAAH!
SAG DAS DOCH GLEICH!
PAMM
WONK
KLONK
DAS INSEKTENSPRAY!
DAS INSEKTENSPRAY!!

TÖTET ALLES
INSEKTENSPRAY
DA-RAUF-HIN...
GROSS-PUTZALARM!
WIR BRINGEN JETZT DAS MORIYAMA-WOHNHEIM AUF VORDERMANN, UND ZWAR JEDEN WINKEL!
TROMMLE DIE ANDEREN ZUSAMMEN!
DAS IST EIN BEFEHL!
DU KRIEGST DEN BESEN HIER!
MEINET-WEGEN GERN, ABER OB DIE ANDEREN MIT-MACHEN...?
DAS SCHEINT SIE BISHER NICHT GESTÖRT ZU HABEN.
HMF ...
ICH HAB DA EINE IDEE...
KARIYA ...?
UND SO KAM ES DAZU, DASS WIR ALLE MAH-JONGG GESPIELT HABEN.
WENN IHR GEGEN MICH GEWINNT, LAD ICH EUCH AUF EIN ERST-KLASSIGES STEAK EIN!
IM ERNST?!
ABER WENN IHR VER-LIERT, HELFT IHR MIR SAUBER ZU MACHEN!
KLAR, ICH BIN DA-BEI!
SEID IHR EUCH SICHER?
MOON HARD
UND SO BEKAM KARIYA, WAS ER WOLLTE...
FEG
FEG
FEG

MATSU-BARA...
DAS SCHAFFEN WIR NIE AN EINEM TAG, ODER?
HMF...
WIR HABEN JA EIN LANGES WOCHENENDE VOR UNS, SHIMODA...
SAG NICHT, WIR WERDEN DREI TAGE LANG NUR PUTZEN?!
UND WANN SOLL ICH DANN IN DEN PUFF?!
WANN HAB ICH DANN ZEIT FÜR MÖPSE?!
NÄCHSTES MAL.
ICH HAB JA GEHÖRT, DASS ER EIN ERST-KLASSIGER GESCHÄFTS-MANN IST...
... ABER DER MACHT GENERELL KEINE HALBEN SACHEN, WAS?
MANNO-MANN ...
FSCHHH
FERTIG!
UND JETZT WACHST UND BLÜHT!

KAPITEL 3
SEIT DEM GROSSPUTZ IM WOHNHEIM IST EIN MONAT VERGANGEN ...
VON DRECK ODER UNGEZIEFER IST KEINE SPUR MEHR ZU FINDEN.
KLANK KLANK
MÄNNER! AUFSTEHEN!!
STRUBBEL
BUAGH ...
DAS UNGENUTZTE ESSZIMMER ...
GUTEN MORGEN.
MOIN!
HEUTE GIBT'S SUPPE MIT MUSCHELN.
... HAT KARIYA IN SEINE KANTINE VERWANDELT.

FULL BLOOM -
KAPITEL 3

ZUM SCHERZ NENNEN WIR DAS ZIMMER INZWISCHEN SO…
UWAH!
MUSCHEL-SUPPE…!
SO WAS HAB ICH SEIT EWIGKEITEN NICHT MEHR GEGESSEN!
UNGLAUBLICH!
DA SIND JA MUSCHELN DRIN!
WAS DENN SONST?
SCHMACKO!
… WEIL KARIYA SO NETT IST UND FÜR UNS IMMER EINE PORTION MITKOCHT.
WIR HABEN ECHT VIEL GE-SCHAFFT …
SCHLÜRF
… ALSO DACHTE ICH, SO EINE REICH-HALTIGE SUPPE WÜRDE UNS SICHER GUTTUN.
WOOOW!!!
WAS NEHMT IHR DENN SONST SO ZU EUCH, WENN IHR EUCH SCHON ÜBER EINE SUPPE DERMASSEN FREUT?
ALKO-HOL.
FLEISCH.
ALGEN-CHIPS.
UND WER DENKT AN EURE GESUND-HEIT?!

ANFANGS WAREN DIE BEIDEN KARIYA GEGENÜBER NOCH ZURÜCKHALTEND, ABER MIT SEINEN KOCHKÜNSTEN HAT ER SIE FÜR SICH GEWONNEN.
IM ERNST, KARIYA! DURCH DEIN GUTES ESSEN GEHT'S MIR IN LETZTER ZEIT VIEL BESSER.
ZUM EINSCHLAFEN TRINK ICH STATT FÜNF NUR NOCH DREI GLÄSER SCHNAPS.
MIR GEHT'S AUCH SO! SONST WAR ICH IN JEDER FREIEN MINUTE NOTGEIL, ABER JETZT BIN ICH VIEL AUSGEGLICHENER...
OB SICH ESSGEWOHNHEITEN AUF DEN SEXUALTRIEB AUSWIRKEN ...?
DAS IST IMMER NOCH ZU VIEL!
KARIYA
NA KLAR!
WENN MAN AM VERHUNGERN IST, WIRD MAN MEGASCHARF!
WEIL MAN DANN NOCH SCHNELL SEINE DNS VERBREITEN WILL!
WAS DU NICHT SAGST ...
ABER ICH FÜHLE MICH AUCH VIEL BESSER.
FRÜHER WAR ICH OFT TOTAL ANTRIEBSLOS UND HATTE ZU NICHTS LUST, ABER JETZT FÜHL ICH MICH RICHTIG UNBESCHWERT.
IHR ÜBERTREIBT ...
TAUSEND DANK!
HEY, KINE, ISS MIR NICHT MEINEN FISCH WEG!
DACHTE, DU WILLST DEN NICHT!
NICHT STREITEN, SO FRÜH AM MORGEN!
...

WENN DAS SO IST, MUSS ICH WOHL AUCH ABENDESSEN FÜR EUCH MACHEN, WAS?
JUCH-HUUU!!!
ES IST NICHT SO...
... DASS ICH IM WOHNHEIM UNZUFRIEDEN WAR, BEVOR KARIYA EINGEZOGEN IST...
DIE STILLE HIER DRAUSSEN AUF DEM LAND...
... LIEGT MIR VIEL EHER ALS DER TRUBEL DER STADT, AN DEN ICH MICH BIS HEUTE NICHT GEWÖHNT HABE.
ALS KARIYA EINZOG, WAR'S DAS ABER ERST MAL MIT DER RUHE...
KOMM, SPIELEN WIR KARTEN!
PAMM
OHNE VORWARNUNG?
GUCKEN WIR FERN, ICH HAB DVDS AUSGELIEHEN! SIND ABER ALLES HORRORFILME.
ÄH...
IST ER NICHT EIN TOTALER ANGSTHASE?
MIR IST LANGWEILIG, ALSO VERRAT ICH DIR, WIE MAN SMALLTALK MACHT.
DU HAST ECHT ZU VIEL ZEIT, WAS?
ANFANGS WAR MIR DAS WIRKLICH ZU VIEL...
... DOCH INZWISCHEN ...
MATSU-BARA!

HIER, FÜR DICH!
EIN REIS-BÄLL-CHEN, ODER EHER...
WUMMS
... BALL...
IST DER FÜR MICH?
SO VIEL, WIE DU HEUTE ZU TUN HAST, SCHAFFST DU'S BESTIMMT NICHT, ZU MITTAG ZU ESSEN, ODER?
BEI DEN FIRMEN DAUERT'S IMMER EWIG.
ICH WEISS DOCH, WIE ANSTREN-GEND ES IST, IMMER FREUNDLICH SEIN ZU MÜSSEN.
DA MUSST DU ZWISCHEN-DURCH ENERGIE TANKEN.
GUCK
...
DU HAST EXTRA FÜR MICH...
AH!
DIE FÜLLUNG ...
SIND DAS ETWA ...

JEPP!
ALGEN-CHIPS. DIE MAGST DU DOCH SO.
POCH
DIE LIEBE ICH!
AH, WIR KOMMEN ZU SPÄT.
BE-EILUNG!
O...
OKAY!
WARUM NUR BRINGE ICH...
... MANCHMAL KEIN EINZIGES WORT RAUS?
WARTE, KARIYA!

EGAL, SAG ES EINFACH!
DANKE SCHÖN!
...
DANKE MIR MIT EIN PAAR NEUEN KUNDEN, JA?
HÄ?!
SEI DOCH NICHT SO STRENG ...!
ICH GLAUBE, ICH HATTE ZUM ERSTEN MAL SEIT MEINEM UMZUG NACH TOKYO JEMANDEN GEFUNDEN, DEM ICH VERTRAUEN KONNTE.
WAR NUR EIN SCHERZ!
ICH STRENG MICH TROTZ-DEM AN...
SO HAB ICH MICH ZU DIESEM ZEITPUNKT ZUMINDEST GEFÜHLT.

203
KARIYA
ALSO, LEUTE ...
FWAMM
ICH SCHMEISSE EINE FRATERNITÄTS-FEIER!
FRATER ...
... NITÄT ...?
WAS 'N DAS?
ALSO ICH ...
... KENN NUR FRIGIDITÄT!
DU MEINST FESTIVITÄT!
LEUTE ...
HABT IHR ECHT NOCH NIE DAVON GEHÖRT?
MAN LÄDT DIE KOLLEGEN AUS ANDEREN WOHNHEIMEN UND IHRE PARTNER EIN UND SCHMEISST 'NE GRILLPARTY ODER SO...
AH!
DAVON STAND MAL WAS IM NEWSLETTER.
WART IHR NOCH NIE AUF EINER?
...
...
...
IHR STUBENHOCKER!

JEDENFALLS ...
... VERANSTALTET DAS ANDERE WOHNHEIM HALBJÄHRLICH SO EINE FEIER!
WEIL SICH DIE NACHBARN ABER ZUNEHMEND BESCHWEREN, BRAUCHEN SIE EINEN NEUEN ORT ZUM FEIERN.
DU WILLST DAS HIER VERANSTALTEN?
NACHBARN HABEN WIR JA WIRKLICH KEINE, ABER...
BOAH, NEE, EY!
DAS BRINGT DOCH NICHTS!
NICK
NICK
KEIF
TUT ES WOHL!
RUMPEL
WIR KÖNNTEN EINEN GARAGENFLOHMARKT MACHEN UND DEN GANZEN KRAM VERTICKEN, DEN WIR BEIM GROSSPUTZ AUSSORTIEREN!
UND MIT DEN EINNAHMEN STATTEN WIR DANN ENDLICH MAL UNSER WOHNHEIM ORDENTLICH AUS!
LIFE goes on.

SO SCHLAGEN WIR ZWEI FLIEGEN MIT EINER KLAPPE!
HA! HA! HA! HA! HA!
ACH, WENN WIR DAS GERÜMPEL LOS SIND, SIND ES SOGAR DREI FLIEGEN!
DANN TAUSCHST DU UNSER NORMALES KLO GEGEN EINS MIT EINGEBAUTEM BIDET AUS, ODER?
KARIYA...
ICH BIN DABEI!
WAS? SONST BIST DU DOCH IMMER VOLL ANTI!
DENK MAL NACH ...
KARIYAN UND MATSU SIND DIE BEIDEN BELIEBTESTEN KOLLEGEN BEI UNS...
LIFE goes o
DAS WIRD SIE AN-LOCKEN!
FUNKEL
ALL DIE WEIBER AUF DER ARBEIT, DIE NACH LIEBE LECHZEN!
EINIGE SIND SO LEICHT ZU HABEN, WIR MÜSSEN PRAKTISCH NUR NOCH DIE HÄNDE AUS-STRECKEN ...!
MEI ...
MEINST DU ECHT?!
FWUSCH
NICHT! ♡ NICHT HIER, DIE ANDEREN SIND DOCH ALLE NOCH DRAUSSEN...♡♡
ABER DAS GEFÄLLT DIR DOCH ...
SCHON KLAR!
JETZT GEHT DAS GEFUMMEL LOS.
NNNH......
IHR ERLEDIGT DIE BE-SORGUN-GEN...
MA-TSU-BARA UND ICH WER-DEN...

WA...
SCHLUCK
WAS ... BIST DU DAGEGEN?
HM?
NEIN ...
ICH BIN SO EINSAM!
ICH AUCH!
NEIN, ICH BIN AUCH DAFÜR!
ICH BIN JA SONST NICHT SO DER TYP, DER VIEL TRUBEL MAG...
... ABER DAS KLINGT NACH EINER GUTEN CHANCE, DEN ANDEREN ZU ZEIGEN, WIE TOLL WIR ES HIER HABEN...
WARUM DANN DAS LANGE GESICHT ...?
...
NUR SO ...

NUR SO?
...
SCHWEIGEN
...
MATSU-BARA?
HALLO-HO!
HÖRST DU MICH?
...
SCHWEIGEN
SCHWEIGEN
ZUMM
ES IST ALLES BESTENS!
ICH LASS MIR KURZ EIN BAD EIN! SAGT MIR NACHHER, WER WOFÜR ZUSTÄNDIG IST!
SWUSCH
AH ...
ÄH... OKAY...
RUMPEL
IST DER IN DER PUBERTÄT, ODER WAS?
RUMPEL
RUMPEL
DER HATTE ES ABER EILIG...
LIFE goes on.
UMKLEIDE
KLACK
FSCHT

ACH ...
WAS HAB ICH MIR NUR DABEI GEDACHT GERADE EBEN...
DEPRI
ICH HAB NUR GEDACHT, DASS ZU DER PARTY VIELLEICHT AUCH KARIYAS PARTNER KOMMT.
SELBST WENN, DAS GEHT MICH DOCH GAR NICHTS AN!
AAAGH
ABER ...
... AUS-SPRE-CHEN KANN ICH DEN GE-DANKEN AUCH NICHT!
SEUFZ
IR-GEND-WIE ...
... MUSS ICH IN LETZTER ZEIT STÄNDIG AN DIESEN AUGENBLICK DENKEN.
DER MANN, DER SO GROB ZU IHM WAR...

... SOLL KARIYAS PARTNER SEIN ...?
SIE ...
... HABEN SICH GEKÜSST ...
GNN
SO IST ES HALT...
KARIYA HAT SICH FÜR IHN ENTSCHIEDEN ...
SICHERLICH IST DER SUPER-ERFOLGREICH... MIT DEM KANN ICH NICHT MIT-HALTEN...
ABER ...

SEIN BLICK SAH NICHT AUS, ALS WÜRDE DER ANDERE IHN WERTSCHÄTZEN.
FSCHHH
SAH NACH EINEM HEFTIGEN STREIT AUS...
OB SICH LIEBENDE SO STREI-TEN...?
NA JA, WENN ES ZWEI MÄNNER SIND...
... SIND KÖRPERLICHE AUSEINANDER-SETZUNGEN VIELLEICHT VORPRO-GRAMMIERT ...
ICH HAB MIR NOCH NIE...
... GEDANKEN ÜBER DIE BEZIEHUNGEN ANDERER GEMACHT.

WIESO GEHT ER MIR...
... BLOSS NICHT MEHR AUS DEM KOPF...?
SO NETT ...
... UND SCHÖN ...
VIELLEICHT, WEIL ICH IHN SO BEWUNDERE...?
HH...
ICH MUSS EINFACH MAL AUSSPRE-CHEN, WAS ICH DENKE ...!
WAMM
LIFE goes on.
TUT MIR LEID ...
... DASS ICH DICH SO VER-WIRRE...
LIFE

WENN ALLES GUTGEHT ...
... ZIEH ICH SCHON BALD WIEDER AUS ...
WAS DAMALS IN KARIYA VORGING...
... KONNTE ICH BEIM BESTEN WILLEN NICHT SAGEN.
EINLADUNG ZUM MORIYAMA-WOHNHEIMSFEST
ICH HATTE KAUM ZEIT ...
... DIESEM AUFKOMMENDEN GEFÜHL NACHZUGEHEN...
... UND SCHON WAR DER TAG UNSERES WOHNHEIMSFESTS GEKOMMEN.

MATSUBARA!
GRILLEN WIR ZUSAMMEN? ♥
ÄH ...
SORRY, ICH MUSS SAFT NACHFÜLLEN...
WAAAS? KOMM SCHON, SONST IST BALD NICHTS MEHR DA!
DAS WÄRE NATÜRLICH BLÖ...
HE, MATSUBARA!
WIR HABEN DIE PUPPE VERKAUFT!
DANKE ...!
LINS
WAS?!
AN WEN DENN...?
AN DEN LEITER DER WERBEABTEILUNG!
ER MEINTE, ER WILL SIE IM NÄCHSTEN WERBESPOT EINSETZEN!
UND DASS VIERZIG KRÖTEN DAFÜR EIN ECHTES SCHNÄPPCHEN WÄREN!
SUPER!
SCHÖN, WENN JEDER MIT DER PUPPE WAS ANDERES ANFANGEN KANN...!
ICH WÜRDE GERNE HONIG KAUFEN...
ABER GERNE DOCH! ♥
DU SÜSSE KLEINE! ♥
FLITZ
DIESER HEUCHLER...
ERST WOLLTE ER NICHT, UND JETZT IST ER NICHT MEHR ZU BREMSEN!
AH!

KARIYA!
DANKE, DASS DU NACHSCHUB GEHOLT HAST!
HAT DIR KINE NICHT GEHOLFEN …?
WARTE, ICH PACK MIT AN.
EIN MÄDCHEN HAT IHN ANGESPROCHEN, UND WEG WAR ER.
DER WOLLTE HEUTE JA UNBEDINGT EINE FREUNDIN FINDEN.
HA! HA!
…
UND DU…?
WAS?
EINE FREUNDIN.
WILLST DU KEINE? DIE MÄDELS FLIEGEN DOCH TOTAL AUF DICH…
ÄH …

WIE SOLL ICH SAGEN ...
IST MIR PEINLICH ...
... ABER ICH... KOMM MIT DEN MÄD-CHEN AUS DER GROSS-STADT NICHT SO KLAR...
AH...
VER-STÄND-LICH ...
ICH WAR AUCH TOTAL BAFF, WIE ANDERS ALS IN MEINER HEIMAT HIER ALLES IST.
WAS?!
BIST DU DENN NICHT AUS TOKYO?
SEH ICH SO AUS?
JA, TOTAL ...!
ALSO IN WAHR-HEIT...
...KOMME ICH AUS DER PRÄ-FEKTUR EHIME.
TADAAA
どーん
HÄ ...?

WAS?!
EHIME?! GENAU WIE ICH...?!
DU BIST AUS MATSUYAMA, ODER? ICH AUS MINAMIUWA.
VOM ARSCH DER WELT! (LACHT)
WAAAS?!
ABER ...
... WARUM HAST DU MIR DAS NICHT SCHON FRÜHER GESAGT?
WÄRST DU DANN EIN WENIG NETTER ZU MIR GEWESEN, MATSUBARA?
UGH ...
NIMM'S MIR NICHT ÜBEL ...
ICH... WAR SCHON IMMER SCHLECHT IM UMGANG MIT MEN-SCHEN...
KLACK
HA! HA!
ICH MACH DOCH NUR SPASS.
KLONK
ICH HAB NUR NICHTS GESAGT ...
... WEIL ICH NICHT DIE BESTEN ERINNE-RUNGEN AN MEINE HEIMAT HABE.

AM LIEBSTEN WÜRDE ICH...
... MEINE VERGANGENHEIT SOGAR KOMPLETT AUSLÖSCHEN...
OH ...
KÖNNTE ES SEIN, DASS ...
SOBALD SIE MERKEN, DASS DU SCHWUL BIST...
... VERHÄLT SICH DIR GEGENÜBER NIEMAND MEHR WIE ZUVOR.
VIELLEICHT ...
... HABEN IN SEINER HEIMAT ALLE RAUSGEFUNDEN ...
... DASS ER SCHWUL IST?

BADOMM
AUF DEM LAND MACHT SO WAS JA IM NU DIE RUNDE.
BADOMM
BADOMM
BESON-DERS IN SO EINER KONSER-VATIVEN REGION ...
WENN DAS DA RAUS-KOMMT...
... DANN ...

HA, HA ...
ENT-SCHUL-DIGE.
... WOLLTE DIE STIM-MUNG NICHT RUINIEREN.
HIER, NACH-SCHUB.
FWPP
WAH!
SO FORSCH DIE MÄDELS IN DER GROSS-STADT AUCH SEIN MÖGEN ...
... ES GIBT SELBST HIER WELCHE, DIE ANMUTIG SCHLICHT SIND.
SO EINE MUSST DU FINDEN, WENN DU EINE FREUN-DIN WILLST.
KAPIERT?!
WÜR-DE ICH ...
... IN KARIYAS HAUT STECKEN ...

... KÖNNTE ICH DANN EINFACH SO LEICHT DARÜBER HINWEG-LACHEN??
SEUFZ
NEIN ...
RUMS
AUCH IHM ...
TSCHACK
... IST GERADE GAR NICHT NACH LACHEN ZUMUTE...
ER IST NUR GUT DARIN ...
... ES ZU ÜBER-SPIELEN.

MATSU-BARA...?
KARIYA ...
WIE SIEHT'S ÜBER-HAUPT MIT DIR AUS, HAST DU EINEN FREUND?!
EINEN, DER DICH SO AKZEP-TIERT, WIE DU BIST...?
ÄH ...
POCH
NEULICH... DIESER TYP... IST ER DEIN FREUND?!
SCHUBS
SCHUBS
HÄ?!
DER SAH RICHTIG GEWALTTÄTIG AUS, ABER WILLST DU DAS WIRK-LICH?
STAPFT
STAPF
STAPF
WAS?!

LOS, SAG SCHON!
NEIN! DAS WAR DOCH NICHT MEIN FREUND!!!
SCHÄÄM
DRÄNG
DAS WAR DOCH NUR EIN KLEINES... ABENTEUER...!
EIN ABENTEUER...?
ICH WAR BETRUNKEN...
DEN TYPEN HAB ICH IN EINER BAR KENNENGELERNT, UND DANN KAM EINS ZUM ANDEREN...
DANN KÜSST DU ALSO EINFACH SO WILDFREMDE KERLE...?
WAS?!
KAZING
ÄH ...
ES HAT SICH HALT SO ERGEBEN...
SO, WIE ICH AUCH DICH ABGEKNUTSCHT HAB...
KOMM MIR DOCH NICHT SO...!!
ACH ... SO WAR DAS...
ICH VERSTEHE ...
PUH ...
DANN WAR DAS ALSO NICHT DEIN FREUND...
BIN ICH FROH ...!
KLAPPER
ZUCK

... DURCH SO JEMAN-DEN ...
STUPS
ICH WILL NÄMLICH AUF KEINEN FALL, DASS ER...
... VERLETZT WIRD...!

ICH WÜRDE IHN VIEL LIEBEVOLLER BEHANDELN...
KARIYA!
ZUCK
DZUTT
JA, WAS??
... HIER STECKST DU ALSO!
WIR HABEN UNS GERADE ALLE GEFRAGT, WIE DU DIE FIRMA NEULICH DAZU GEBRACHT HAST ANZUBEISSEN. ERZÄHLST DU ES UNS?
JA, ICH KOMME GLEICH!
... HIER!
GEH DU AUCH MAL MÄDELS BEWIRTEN!
ÄH ...
OKAY ...
...
DAS GERADE...
WAS IN ALLER WELT...

WAS HAB ICH DA GERA-DE...
... GE-FÜHLT ...?
NEIN ...
UN-MÖGLICH ...
WEISST DU...
MORIYAMA
DAS KANN NICHT SEIN...
ICH HAB KEINEN FREUND...
ICH...
... BIN DOCH GAR NICHT SCHWUL ...
... ABER ES GIBT DA JEMAN-DEN...
... DEN ICH MAG ...

ABER WAS SAG ICH...
TACK
TACK
TACK
DAS HAT JA NICHTS MIT DIR ZU TUN...
ES HAT NICHTS ...

... MIT MIR ZU TUN...
DIE PARTY WAR EIN VOLLER ERFOLG!
DANKE NOCH MAL, LEUTE!
PAPAPAMM
WIR STOSSEN SCHON ZUM FÜNFTEN MAL AN, ABER EGAL... PROST!
HÖR DOCH, MATSU-BARA!
ICH HÖR DICH JA...
PATT PATT
AUA!
IST DAS NICHT KRASS? MAKI VOM EMPFANG HAT MIR IHRE NUMMER GEGEBEN!
HÖR ICH AUCH ZUM 5. MAL...
PFT
LAHM.
ICH BIN SCHON MIT IHR ZUM ESSEN VERABREDET!
WAAAS?!
KINE, MEINE MAKI KRIEGST DU NUR ÜBER MEINE LEICHE!
SEIT WANN GEHÖRT SIE DENN DIR?
SEUFZ
ACH ...
DIE HABEN'S GUT...

ICH WÄR AUCH GERN SO BESOFFEN WIE DIE...
KLACK
DAS HAT JA NICHTS MIT DIR ZU TUN...
DIESER SATZ...
... VER-FOLGT MICH.
OH!
MATSU-BARA!
BIN GE-RADE MIT DUSCHEN FERTIG.
KARIYA ...
GEH DU LIEBER AUCH GLEICH, WENN DU NOCH NÜCHTERN BIST.
NACHHER KOTZEN DIE BEIDEN BESTIMMT ALLES VOLL...

OKAY ...
SNIF
OH...
WIE GUT ER DUFTET ...
UNGLAUBLICH...
WIR HABEN ALL DEN KRAM VERKAUFT!
DAMIT FINANZIEREN WIR DIE RENOVIERUNG!
ER SCHEINT GERADEZU ZU FUNKELN ...
HH ...
NICHT NUR SEIN GESICHT IST MAKELLOS SCHÖN...
SEIN GANZER KÖRPER IST VON VERFÜHRERISCHER SCHÖNHEIT...
MATSUBARA ...?
HH ...
SO IST DAS ALSO ...
KARIYA HAT JEMANDEN, DEN ER MAG...
DER AUSERWÄHLTE, DER VON DIESEM SCHÖNEN KÖRPER BERÜHRT WERDEN DARF...
PWPP
WAS IST DENN?
BIST DU ERSCHÖPFT VON DEN VIELEN LEUTEN?

DER EINZIGE ...
TATSCH
BADOMM
AH!
DRÜCK
... DER IHN ...
... IM ARM HALTEN DARF ...

...
BADOMM
BADOMM
MA ...
BADOMM
MATSUBARA ...
BADOMM
SCHUBS
WAS ZUM ...
GLÜH

AUCH ICH …
BADOMM
MA …
BADOMM
… TSUBARA?
… WILL DICH BERÜHREN …
BADOMM
BADOMM
HE…
WENN AUCH NUR FÜR EINEN MOMENT …
BADOMM
WAS TUST DU …
BADOMM
KNEIF
HH …

TUT MIR LEID ...
ICH ...
... HAB WOHL ZU VIEL GETRUN-KEN...

ICH GEH DANN MAL INS BETT...
WENN MÖG-LICH ...
... HÄTTE ICH ES GERN FÜR IMMER IGNORIERT ...
DOCH NUN ...
... DA DIESES GEFÜHL AUFGE-KEIMT IST, KANN ICH ES NICHT MEHR VER-DRÄNGEN.
ICH WILL ES GAR NICHT VERDRÄN-GEN.
WAS ZUM ...
DER IST JA DOCH BETRUN-KEN...
ICH ...
... BIN IN KARIYA VER-LIEBT.

ALS MIR DAS BEWUSST WURDE…
HN!
BEB
HNN…
AH…
BEB
HN…
ZUCK
FTSCH
FTSCH
UH…!
… FÜHLTE ICH MICH EINSAM.
HH…
FTSCH
SLPP
SLPP
AH…
SLPP
HH…
FTSCH
FTSCH
AH…!
ZITTER
AH!
ZITTER
MATSUBARA…
KARIYA…

ICH LIEBE DICH!
BADOMM
MATSU-BARA...
HN ...
HN ...
HH ...
HH ...
FÜR DEN REST MEINES LEBENS...
HH ....
FLAPP
ACH ...
... WÜRDE ICH MICH VON MEINER BISHERIGEN VORSTELLUNG VON LIEBE VER-ABSCHIEDEN MÜSSEN.
ECHT JETZT ...
FULL BLOOM - KAPITEL 4

IST DOCH SCHEISSE ...
OH?
SCHON WIEDER SO FRÜH BEI DER ARBEIT, HERR KARIYA?
OH, MORGEN ZUSAMMEN.
HABT IHR FRÜH-SCHICHT?
JA.
SIE SIND IMMER SO FLEISSIG ...
NA JA ...
ES GIBT EINFACH EINE MENGE ZU TUN.
IMMER WEITER SO! ♥
SO SÜSS ...! ♡
DAS WAR GELOGEN.
ICH WOLLTE NUR NICHT GLEICH AM MORGEN AUF MATSUBARA TREFFEN. DESHALB BIN ICH SCHON HIER...
FRÜHSTÜCK HAB ICH ABER NOCH GEMACHT.
SEUFZ
SEIT DIESEM ABEND ...
... DENKE ICH...
... AN IHN, WENN ICH MIR EINEN RUNTERHOLE, UND ZWAR JEDEN ABEND.

ICH WEISS ...
... DASS ES NICHT RICHTIG IST...
... DOCH IMMER, WENN ICH SEIN GESICHT SEHE...
TOCK
HASP
... ZUCKT MEIN KÖRPER ZUSAM-MEN ...
...
...
MATSUBARA?!
HASP
HASP
GUTEN MORGEN.
WAS ...
... MACHST DU DENN SCHON HIER?
ES IST GERADE MAL 8 UHR ...?!
DU HAST SO EINEN BESCHÄF-TIGTEN EINDRUCK GEMACHT ...
... DA DACHTE ICH, KÖNNTE ICH VIEL-LEICHT IRGENDWIE HELFEN.
SEI DOCH NICHT IMMER SO NETT ...!
GE-
WISSENS-
BIS-SE
SONST HILFST DU MIR DOCH IMMER.
POCH
POCH

ICH WEISS JA NICHT, OB ICH DIR EINE GROSSE HILFE SEIN KANN...
KLANK
... ABER ICH WÜRDE ALLES FÜR DICH TUN.
SAG'S MIR BITTE EINFACH.
AH ...
ACH SO...
DU MACHST DIR INZWISCHEN ALSO AUCH MAL GEDANKEN UM ANDERE!
SCHÖN, DASS DU ERWACHSEN WIRST!
PATT
PATT
HÄ ...?
ABER MIT DER ARBEIT WERDE ICH ALLEIN FERTIG.
VIELLEICHT BEIM NÄCHSTEN MAL, JA?
OH ...

OKAY ...
FTAPP
FTAPP
ALLES WÜRDEST DU FÜR MICH TUN?
TAPP
TAPP
DANN SCHLAF MIT MIR!
... KANN ICH JA WOHL KAUM SAGEN ...
HOFF-NUNGEN HAB ICH MIR...
... VON ANFANG AN KEINE GEMACHT.
ABER DASS ER MICH SO FESSELN WÜRDE...
DAS HÄTTE ICH NIE GEDACHT ...
VOR DREI JAHREN WURDE ER IN UNSERE ABTEILUNG VERSETZT.
GUT AUS-SEHEND, ETWAS BEGRIFFS-STUTZIG UND VERKLEMMT IM UMGANG MIT ANDEREN...

MEIN CHEF WOLLTE, DASS ICH IHN UNTER MEINE FITTICHE NEHME, DA WIR SCHLIESSLICH AUS DERSELBEN REGION STAMMEN UND ER SICH MIR GEGENÜBER VIELLEICHT ÖFFNEN WÜRDE.
DOCH ICH...
... DER NOCH IMMER VON SEINEN ERLEBNISSEN IN DER LÄNDLICHEN HEIMAT TRAUMATISIERT WAR...
... WOLLTE IHN ANFANGS NUR SO SCHNELL WIE MÖGLICH LOSWERDEN.
ABER DANN ...
KAUM HIER UND SCHON DIE ERSTE STANDPAUKE?
ER KAM ZU SPÄT, WEIL ER UNTERWEGS EINE KATZE GERETTET HAT.
WAS?!
WAS IST ES HEUTE?
ER HAT EINE ALTE FRAU MIT IHREM SCHWEREN GEPÄCK NACH HAUSE BEGLEITET.
WIEDER ZU SPÄT ...
HEUTE HAT ER EINEN KRANKENWAGEN GERUFEN, WEIL EINE SCHWANGERE ZUSAMMENGEBRO-CHEN IST. WEIL MAN IHN FÜR DEN EHEMANN HIELT, WURDE ER MIT INS KRANKENHAUS GESCHLEPPT...
...

DER SPINNT DOCH, ODER?
ER SOLLTE FREMDE EINFACH LINKS LIEGEN LASSEN.
...
GENAU.
IHN LINKS LIEGEN LASSEN.
KLACK
KARIYA?
DAS HÄTTE ICH AUCH TUN SOLLEN.
ABER IRGENDWIE KONNTE ICH ES NICHT.
KARIYA!
ALSO ...
DANKE, DASS DU DICH GERADE EBEN...
... FÜR MICH EIN-GESETZT HAST...
...
SCHON GUT...

SCHLURF
DER EHEMANN DER SCHWANGEREN HAT SICH TELEFONISCH BEDANKT.
DU DENKST DIR DAS JA NICHT AUS, ALSO STEH EINFACH DAZU.
TUT MIR LEID ...
ALTER, HÖR DOCH MAL AUF, DICH STÄNDIG ZU ENTSCHULDIGEN!
ICH SAG DOCH, DU HAST EINE GUTE TAT VOLLBRACHT!
GRAH
ÄH ...
SWPP
HIER ...
PLOPP
EIN KLEINES DANKESCHÖN, AUCH WENN DAS KOMISCH KLINGT...
EINE SÜSSIGKEIT AUS MEINER HEIMAT...
HATTE ICH ALS MITTAGESSEN DABEI...
BITTE NIMM DIR DOCH EINS...
DAS SIND ...
TÖRTCHEN AUS EHIME...
HÄ?
DIE KENNST DU?
JA...

BEVOR ICH IN DIE STADT GEZOGEN BIN...
... HABEN WIR DIE OFT...
... BEI UNS ZU HAUSE GEGES-SEN...
OH, DIE SIND ABER MIT YUZU-BOHNENMUS UND EIN BISSCHEN SAUER.
DAS SCHMECKT NICHT JEDEM ...
HAPP
AH ...
SIND JA ÜBELST SÜSS...
MPF
MPF
ABER LECKER...
DIE...
... MAG ICH.
WAS ...?!
WIRK-LICH...?!
...

DAS FREUT MICH...
SO UNBEHOLFEN UND DÜMMLICH ER AUCH MANCHMAL WIRKT...
SAG MAL, IST DAS DEIN GANZES MITTAGESSEN?!
JA.
SONST ISST DU NICHTS?
... ER IST AUCH ERNST UND AUFRICHTIG.
ICH GLAUBE, ES WAR VOR ALLEM DIESE LÄNDLICHE AUSSTRAHLUNG, DIE VON MATSUBARA AUSGEHT...
ICH LIEBE BOHNENMUS EINFACH ...
... ODER ABER SEIN DUFT, DER MICH SO AN FRÜHER ERINNERT HAT.
PAPIER SPAREN
RAUCHVERBOT
V-I-M
V-I-M
HAST DU GEHÖRT?
HERR K. AUS DER BUCHHALTUNG GEKÜNDIGT!
JA, ICH WEISS!
WIE GERN MÄDELS DOCH TRATSCHEN ...
DOPP
DOPP

GLAUBST DU, ES STIMMT, DASS ER GEGANGEN IST, WEIL RAUS-KAM, DASS ER SCHWUL IST?!
WAS?!
WAS?!
FWATSCH
DAS HÖR ICH...
... ZUM ERSTEN MAL!
DER WURDE SCHON OFT AN-GEMACHT, ABER ER HATTE NIE EINE FREUNDIN.
DER WAR DOCH SO SÜSS! WAS FÜR EIN JAMMER!
ANSCHEINEND HAT EIN KOLLE-GE SEIN HANDY GESEHEN, UND SO IST ES AUF-GEFLOGEN.
BOAH! DAS WAR ECHT NICHT NETT, ABER WENN MAN WAS ZU VERBERGEN HAT, SOLLTE MAN NICHT SO LEICHTSINNIG SEIN!
JA, DER HÄTTE BESSER AUFPASSEN SOLLEN!
ABER ECHT ...
...
WUMP
FLAPP
WO WIR SCHON VON TYPEN REDEN, DIE NIE EINE FREUNDIN HABEN...
FINDEST DU MATSUBARA IN DER HIN-SICHT NICHT AUCH VER-DÄCHTIG?!
FLATTER
FLATTER

MOOOO-MENT MAL!
DER KERL IST ALLES, ABER DOCH NICHT SCHWUL!
DAS WÄRE ECHT ZU VIEL!
HEY, ER KOMMT HIERHER!
RENN SCHNELL WEG, MATSUBARA!
KOMM, FRAGEN WIR IHN EINFACH MAL!
SAG MAL, MATSUBARA ...
WAS HÄLTST DU EIGENTLICH VON SCHWULEN?
JETZT HABEN SIE IHN...
COPY ROOM
VON SCHWULEN ...?
NA, MÄNNER, DIE MÄNNER MÖGEN.
HOMO ...
HOMOSEXUELLE?!
... SEXUELLE ...?
KANN ICH MIR NICHT SO RICHTIG VORSTELLEN...
STICH
JA, WER KANN DAS SCHON...

WAR JA KLAR ...
EHRLICH GESAGT ...
... HAB ICH NOCH NIE EINEN KENNENGELERNT ODER DRÜBER NACHGEDACHT...
ABER ...
... WENN MAN JE-MANDEN LIEBT...
... SOLLTE DAS GESCHLECHT ODER DAS ALTER EIGENT-LICH KEINE ROLLE SPIELEN, FINDE ICH...
VERKNALLT

D-DA HAST DU NATÜRLICH RECHT...
VERRÄTST DU UNS, IN WEN DU ZUM ERSTEN MAL VERLIEBT WARST?
ÄHM ...
ZÄHLT DIE OMA AUS MEINER NACHBARSCHAFT ...?
WAS ...?
BIST DU SUUUSS ...!
SWPP
DIE OMA AUS DER NACHBARSCHAFT? DER SPINNT DOCH...
WIR ARBEITEN ZUSAMMEN...
... KOMMEN AUS DERSELBEN PRÄFEKTUR ...
... ABER DAS WAR'S DANN AUCH SCHON. ES BRINGT REIN GAR NICHTS, MICH IHM GROSSARTIG ANZUNÄHERN...
ALS MIR DAS KLAR WURDE ...
ALS MIR DAS ZUM ERSTEN MAL RICHTIG KLAR WURDE...

... KAM ICH FAST UM...
... UND HAB MICH NOCH VIEL MEHR NACH IHM GESEHNT.
DES-HALB ...
BONK
WHOA!
SORRY, ICH WAR IN GE-DANKEN ...
ICH AUCH ...
ACH, KARIYA ...!
NIKAIDO!
MOIN!
DANKE FÜR DIE PARTY NEULICH BEI EUCH!
ICH HAB DIE PUPPE ERGATTERT. WAR ECHT EIN SCHNÄPPCHEN.
DU BIST ALSO ...
... DER PERVERSE AUS DER WERBE-ABTEILUNG, DER SICH DAS GRO-TESKE TEIL GESCHNAPPT HAT.

PFT!
IHR HABT JA KEINE AHNUNG! NORMALERWEISE BLÄTTERT MAN FÜR SO 'NE PUPPE 100.000 YEN* HIN!
KIHIHI!
WAS?! SOOO VIEL?!
DER CHEF HAT MICH GELOBT, ALS ER MITGEKRIEGT HAT, DASS ICH NUR 5.000 YEN** BEZAHLT HAB!
...!!
KARIYA ...
WAS ER NUR HAT ...?
ER SEUFZT HEUTE SO OFT...
ER SCHEINT ERSCHÖPFT ZU SEIN...
TOCK
TOCK
MACH ICH MIR ...
... VIELLEICHT ZU VIELE SORGEN?
NEIN ...

* CA. 800 €.

** CA. 40 €.

AUCH WENN ICH NICHT DARAN DENKEN WILL, ICH SCHAFF'S EINFACH NICHT...
JEDES MAL, WENN ICH KARIYA SEHE...
... SPRU-DELN MEINE GEFÜHLE FÜR IHN ÜBER...
TOCK
TOCK
ICH HÄTTE ...
... IHN KÜSSEN SOLLEN ...
GNNN
ABER ...
... DANN WÜRDE ER MICH JETZT BESTIMMT HASSEN...
UND DAS WÜRDE ICH BEREUEN...
DOCH GLEICH-ZEITIG ...
SEUFZ
... BEREUE ICH, DASS ICH ES...
... NICHT GETAN HABE...

WENN DAS ERGEBNIS EH DAS GLEICHE BLEIBT...
... HÄTTE ICH ES EINFACH TUN SOLLEN...
HH
MIST!
ICH FANTASIERE SCHON WIEDER ...
DU BIST MIR ECHT WAS SCHULDIG!
KARIYA ...?
IST JA GUT.
MIT DEM GESPARTEN GELD LAD ICH DICH MAL ZUM ESSEN EIN.
ALS OB ICH DAS ERNST MEINEN WÜRDE!
WIESO SOLLTE ICH DIR WAS ZU ESSEN SPENDIEREN? REAR NAKED CHOKE!
GRABB
UND WENN ICH DICH HINSCHLEPPEN MUSS, DU SPENDIERST MIR GEFÄLLIGST EIN SAFTIGES STEAK!
NIMM DAS! SCORPION DEATH LOCK!
AUUU!
FUCHTEL
FUCHTEL
KRACK

HFF
VERSPROCHEN, JA?!
OH...
SO HAB ICH IHN...
... LANGE NICHT MEHR LACHEN SEHEN ...
ICH HAB KEINEN FREUND ...
... ABER ES GIBT DA JEMANDEN...
... DEN ICH MAG ...
BADOMM
O NEIN ...
BITTE NICHT ...
... DER DA...?
BADOMM
DER IST ES BESTIMMT...
DER WAR JA AUCH AUF UNSERER PARTY...

FLITZ
VER-DAMMT ...!
SWUSCH
SCHEISSE ...!
WAS MACH ICH DENN JETZT ...?
ES TUT SO WEH...
DAS IST SO SCHMERZHAFT, ES ZERREISST MIR DIE BRUST...
ACH, ÜBRIGENS ...
WILL JETZT JEMAND ZU EUCH INS WOHNHEIM?
DIE PARTY HABT IHR DOCH NUR GESCHMISSEN, UM WERBUNG ZU MACHEN, ODER?
PFF ...

HAT LEIDER NICHTS GEBRACHT.
DAS GEBÄUDE IST SCHON ZIEMLICH ALT, ABER DIE ENTFERNUNG ZUR FIRMA IST WOHL DAS K.-O.-KRITERIUM.
VERSTEHE ...
WIE SCHADE.
DABEI HABT IHR EUCH FÜR DAS WOHNHEIM SO INS ZEUG GELEGT.
WOHNT NICHT DER ANDERE AUS DEINER ABTEILUNG AUCH DORT?
DU HAST DICH ABER ECHT VERÄNDERT. BIST IRGENDWIE VIEL AUSGEGLICHENER GEWORDEN.
FRÜHER HATTE ICH IMMER DEN EINDRUCK, DIR SIND ALLE ANDEREN EGAL.
NATÜRLICH HAB ICH MICH VERÄNDERT ...
ICH WOLLTE, DASS ER SEINEN RÜCKZUGSORT BEHÄLT...
... IN DEM ER SICH SO WOHLFÜHLT.
DAMIT ER SICH NICHT VERBIEGEN MUSS...
... UND SO BLEIBEN KANN, WIE ER IST.

WIESO DAS SO IST...?
WEIL MATSUBARA MICH ...
... MIT SEINER ART GERETTET HAT ...
KARIYA.
WAS DEINE VERSETZUNG ANGEHT, GEHT'S WOHL DOCH ETWAS SCHNELLER.
NICHT, DASS DU DICH ÜBERRUMPELT FÜHLST.
...
GUT ...
ÄH ...
UND ...
FWUPP
TUT MIR ECHT LEID, ABER DAS MORIYAMA-WOHNHEIM...

... WIRD NUN DOCH ABGERISSEN, WIE GEPLANT.
MIST ...
PLOPP
ICH KANN NICHT MAL MEHR DENKEN...
HH ...
IN MIR DRIN BRODELT ALLES ...
IST DAS ETWA EIFERSUCHT ...?
TOCK TOCK
HEREIN...
KLACK
MATSUBARA ...
WOLLEN WIR EINEN SCHLUCK TRINKEN?

AH!
KLAPP
JA!
GERN!
HEUTE IST VOLL-MOND.
WOLLEN WIR IHN ANSCHAUEN GEHEN?
JA, GERN.
ICH KENNE DEN PERFEK-TEN ORT DAFÜR!
WOOOOW!
ICH WUSSTE GAR NICHT, DASS WIR AUCH EINE DACH-TERRASSE HABEN!

DIE HAT MAL EIN MIT-BEWOHNER ERRICHTET, DER SICH GERNE GE-SONNT HAT.
LEUTE GIBT'S ...
DANK IHM ...
... KANN ICH JETZT ABER MIT DIR HIER DEN VOLLMOND GENIESSEN.
DAFÜR BIN ICH DANKBAR.
...
HÖR MAL ...
ICH WOLLTE MIT DIR ÜBER ETWAS REDEN...
HM?
AH, ICH HAB DIR NOCH GAR NICHTS EINGE-SCHENKT.
GIB MIR DEIN GLAS.

WORÜBER ICH REDEN WOLLTE ...
WARTE!
RAUSCH
...?
ALSO ...
WENN ES WICHTIG IST, KANN ES NICHT AUCH BIS MORGEN WARTEN...?
WÄRE BLÖD, WENN ICH ZU VIEL TRINKE UND MICH DANN NICHT MEHR ERIN-NERN KANN...
KLAMMER
AUSSER-DEM BIN ICH MIR NICHT SICHER ...
... OB ICH ES ERTRAGE, WENN ER MIR VON SEINEM FREUND ERZÄHLT ...
...
IN ORD-NUNG.
VERSCHIE-BEN WIR ES AUF MORGEN. IST EH EIN BLÖDES THEMA.
GRABB
UND JETZT HOCH DIE TASSEN!
WAH!
GLUCK
HE!

DAS IST ZU VIEL!
DANN MUSST DU SCHNELLER TRINKEN, WÄHREND ICH EIN-GIESSE!
WAS MACHST DU DENN DA?!
DAS GLAS FLIESST DOCH SCHON TOTAL Ü...
... BER...

AUCH WENN ICH...
... ES BEREUEN WERDE...
... ODER ER MICH DAFÜR HASSEN WIRD...
KLOCK
SPRITZ
AUCH WENN ER NIE WIE-DER MIT MIR SPRECHEN WIRD...
WENN ICH IHM NUR ZEIGEN KÖNNTE ...
... WAS ICH FÜR IHN EMPFINDE ...

... DANN HÄTTE DIESE UNGEWISS-HEIT...
... END-LICH EIN ENDE...
HASP
GH ...
...?
...?!
KARIYA ...
BADOMM

ICH ...
WAH!
WARTE MAL!
ÄH ...
D...
DU BIST VER-WIRRT!
ES IST NICHT SO...
WIR HABEN UNS ANGE-STARRT, DESHALB HAST DU DAS GE-TAN.
DU BIST DURCH-EINANDER ODER DER TEUFEL HAT DICH GERITTEN ...
JEDEN-FALLS BIST DU VERUN-SICHERT, ALSO...
HMPF
ABER ICH MEINE ES ERNST!
DU BE-DEUTEST MIR WIRK-LICH VI...
STOPP!

WAS MEINST DU...?
LASS MICH EINES KLARSTELLEN...
NIE ...
... IM LEBEN ...
DU VERSTEHST ...
... GAR NICHTS ...
MIT DIR WIRD DAS...
... AUF KEINEN FALL WAS!

full BLOOM

LETZTES KAPITEL
DIESEN EINEN TAG...
NEIN...
... WERDE ICH MEIN LEBEN LANG NICHT VER-GESSEN...
ECHT JETZT? DA IST JA WIRKLICH GAR NICHTS MEHR ÜBRIG ...
AH ...
SCHLAMM
UND JETZT WACHST UND BLÜHT!
TUT MIR LEID...
KLONK

... DASS ICH MICH NICHT UM EUCH KÜMMERN KONNTE.
DIESER ABEND WAR FÜR UNS DER SCHEIDE-WEG...
MORIYAMA
FULL BLOOM - LETZTES KAPITEL

LASS MICH EINES KLAR-STELLEN...
MIT DIR WIRD DAS...
... AUF KEINEN FALL WAS!
DENK ...
... DOCH MAL NACH!
ICH... BIN DOCH DEIN VOR-GESETZTER ...?
BEB
...

BLINZEL
ICH ...
... WEISS JA SELBER ...
... DASS ICH NICHT WIE ER BIN...
DASS ICH NICHT DAS ZEUG DAZU HAB, AN DEINER SEITE ZU SEIN...
ICH BIN UNTERWÜRFIG ...
... UND EGOISTISCH...
ABER TROTZDEM...
GRABB
!
NA UND...?
MEINE GEFÜHLE FÜR DICH...
... SIND NICHT FALSCH ...!

RAUSCH
ICH ERWARTE JA NICHT ...
... DASS DU ES AKZEP-TIERST...
... NUR ...
... BITTE LEHN MICH NICHT AB...
DENN ICH ...
... HAB DICH WIRKLICH LIEB...
STICH
SO SEHR WIE DICH HAB ICH NOCH NIEMANDEN GEMOCHT ...

WENN DU MICH ABLEHNST ...
...
OKAY ...
... WÜRDE ES MIR DAS HERZ BRECHEN ...
ABER ...
SWUPP
SORRY ...
TROTZ-DEM...
ICH ...
MATSU-BARAAA!!
ZUCK
DOMP
DOMP
ACH, HIER STECKT IHR...
HALTET EUCH BITTE FEST!

UNSER WOHNHEIM...
KRAKEEL
... WIRD ES BALD NICHT MEHR GEBEN!
WA ...
WAS IST...?
HÄ ...?
ESSZIMMER
ICH WAR MIT EINER VOM SEKRETARIAT WAS TRINKEN UND DIE HAT ES MIR GESTECKT.
DER ABRISS VON UNSERM WOHNHEIM IST OFFIZIELL.

DAS THEMA IST SCHON LÄNGER AUF DEM TISCH.
HIER WOHNEN ZU WENIGE LEUTE, ALS DASS ES SICH FÜR DIE FIRMA RENTIEREN WÜRDE...
ABER ...
... KARIYAN HATTE ANGEBOTEN, MEHR LEUTE AUFZUTREIBEN, DIE HIER WOHNEN WOLLEN. SOMIT LAGEN DIE ABRISSPLÄNE VORERST AUF EIS.
AH...
WEISS NICHT, OB'S STIMMT, ABER ER SOLL GESAGT HABEN, DASS ER DAS WOHNHEIM FÜR SEINEN KOLLEGEN ERHALTEN MÖCHTE.
DAMIT BIST DU GEMEINT, MATSUBARA.
ICH ...?
ERST DER GROSSPUTZ, DANN DIE PARTY UND DIE GANZEN LEUTE HIER. DAS HAT ER ALLES NUR FÜR DICH GETAN.
DAS KANN DOCH NICHT ...
AUSSERDEM SOLL KARIYAN...
... SCHON BALD IN DIE ÜBERSEE-ABTEILUNG VERSETZT WERDEN...
RATTER
WAS?!
ER WIRD VERSETZT?!

DORT WIRD ER NICHT NUR DIE AUS-LÄNDISCHEN KUNDEN BETREUEN, SONDERN AUCH GUT DIE HÄLFTE DES JAHRES IRGENDWO IM AUSLAND VERBRINGEN.
ICH FÜRCHTE, DAS SOLLTE SEIN ABSCHIEDS-GESCHENK AN DICH SEIN...
... WEIL ER WUSSTE, WIE VIEL DIR DER ORT HIER BEDEUTET.
ER WOLLTE ES IRGENDWIE HINBIEGEN, BEVOR ER ABFLIEGT...
WARUM MUSST DU...
... AUSGE-RECHNET EIN HOMO WERDEN...?
ICH HAB DICH DOCH GUT ERZOGEN ...

ES TUT MIR LEID ...
... ABER ICH KOMM DAMIT EINFACH NICHT KLAR ...
ES GEHT NICHT NUR UM UNSER ANSEHEN, SONDERN AUCH DARUM ...
... DASS ES DEINEN BRUDER BEEINFLUSSEN WIRD...
ICH SAG'S NUR UNGERN ...
... ABER PACK BITTE DEINE SACHEN UND GEH ...
DAS WILL ICH...
... IHM UM JEDEN PREIS ERSPAREN ...

TOCK
TOCK
KARIYA ...
POCH
ZITTER
ICH WEISS BESCHEID ...
ÜBER DAS WOHNHEIM UND DEINE VERSETZUNG.
...
ENTSCHULDIGE BITTE... DU HAST DAS ALLES NUR FÜR MICH GETAN, UND ICH...
ICH HAB NICHT EINEN GEDANKEN DARAN VERGEUDET, WIE DU DICH FÜHLST...
STATTDESSEN ...
... HAB ICH DIR EINEN KUSS AUFGEZWUNGEN...

ICH BIN DAS LETZTE ...
SAG SO WAS NICHT.
KLACK
...
VON ALLEN MENSCHEN, DENEN ICH BEGEGNET BIN...
... BIST DU NÄMLICH DER BESTE!
...
TUT MIR AUCH ECHT LEID...
... DASS ICH NICHTS BEWIRKEN KONNTE...
UND DASS ICH DEINE GEFÜHLE NICHT ERWIDERN KANN...

WIE DU SIEHST, BIN EHER ICH DAS LETZTE...
...
ICH DARF IHN...
... NICHT NOCH MEHR VERUN-SICHERN...
ÄH ...
ICH MUSS MEINE GEFÜH-LE...
... IRGEND-WIE VERDRÄN-GEN...
DAS VON VORHIN ...
VERGISS ES BITTE.

ES WAR, WIE DU GESAGT HAST...
ICH WAR EINFACH VERWIRRT ...
SEIT-DEM ...
... GEHEN WIR MIT-EINANDER UM, ALS WÄRE NICHTS GEWESEN...
... WURDEN WIR WIEDER ...
WIE ZUVOR ...
... ZU NOR-MALEN KOLLE-GEN.
OKAY...

NACHDEM KARIYA UNS FRÜHSTÜCK GEMACHT HAT, FAHREN WIR ZUR ARBEIT.
DORT ÜBERTRÄGT MIR KARIYA SCHRITT FÜR SCHRITT SEINE AUFGABEN.
JEDER TAG IST SO VOLLGESTOPFT...
... DASS ES MIR BEINAH VORKOMMT, ALS HÄTTE ICH DIESEN EINEN ABEND NUR GETRÄUMT.
UND SO VERFLOG DIE ZEIT IM NU...
AAAAAH...
IN EINEM HALBEN MONAT MÜSSEN WIR UNS VON UNSEREM WOHNHEIM VERABSCHIEDEN...
JAMMER NICHT SO RUM!
SCHLIESSLICH WIRD DAS HEUTE UNSERE ABSCHIEDSFEIER!
NUR, WEIL MEINE VERSETZUNG VORGEZOGEN WURDE... TUT MIR ECHT LEID.
NICHT DOCH!
WIR HABEN DIR DOCH ZU DANKEN, KARIYAN.

UND DU GEHST JETZT FÜR EIN JAHR IN DIE STAATEN?
WENN DU WIEDER-KOMMST, IST VON DEM HEIM HIER BESTIMMT NICHT EIN KRÜMEL MEHR ÜBRIG.
DEN ABSCHIED MÜSSEN WIR GEHÖRIG FEIERN, LEUTE!
DAVOR WÜRDE ICH NOCH GERN DAS GELD VOM MAH-JONGG EIN-SAMMELN ...
WEISST DU, WAS ER MEINT, SHINODA?
ICH HÖR NICHTS! ICH HÖR GAAAR NICHTS!
AHAHAHA...
...
KLACK
ACH ...
KARIYA ...
ES KOMMT ETWAS SPÄT, ABER ICH WOLLTE DIR NOCH ZUR VERSETZUNG GRATULIEREN.
DIE ÜBERSEE-ABTEILUNG IST EIN GEWALTIGER KARRIERE-SCHRITT.

DANKE ...
FÜR DICH TUT'S MIR ABER LEID, WEIL DIE ARBEIT NUN AN DIR HÄNGEN BLEIBT.
ICH HOFFE, DU HILFST MIR MORGEN TROTZDEM NOCH BEIM AUSZUG?
KLAR ...
KOMM SCHON ...
ES IST DOCH NUR EIN JAHR, MACH NICHT SO EIN GESICHT!
ICH KOMM SOWIESO AB UND ZU MAL ZURÜCK.
KLING
DANN SCHAU ICH AUCH IN DER VERKAUFS-ABTEILUNG VORBEI.
MACH MIR DOCH NICHTS VOR...

DAS WIRD GARANTIERT NICHT PASSIEREN.
AUCH WENN ICH DICH SEHEN MÖCHTE ...
... WIRST DU MICH IGNORIEREN.
WIE DAS EBEN IST...
... WENN MAN EINANDER ERST MAL VERGESSEN HAT...
GRAAAH
DIE VERTRAGEN ECHT NICHTS.
ODER DU BIST ZU TRINKFEST, KINE.
DU HAST ABER AUCH ZIEMLICH VIEL GESOFFEN!
SCHON, ABER ...

ICH ...
... WERDE NICHT BETRUNKEN ...
PRUST
BOAH, ALTER!
SO LEIDENSCHAFTLICH, WIE DU KARIYAN ANSTARRST, MUSST DU IHN JA ABGÖTTISCH LIEBEN, HM?
WAS ...?!
GLAUBST DU VIELLEICHT, WIR SIND DUMM?
SIEHT DOCH EIN BLINDER!
ABER KARIYAN LIEBT DICH DOCH AUCH.
IST DOCH ALLES BESTENS.
WA ... WAS DENN ...
EIN LIEBESWUNDER ZWISCHEN ZWEI TYPEN.

NEIN ...
KARIYA MAG JEMAND ANDEREN ...
... UND KANN MEINE GEFÜHLE NICHT ERWIDERN ...
WAS?!
LABER NICHT, DER IST HALS ÜBER KOPF IN DICH VERKNALLT, MANN!
DER WOLLTE EIN GANZES WOHNHEIM FÜR DICH RENOVIEREN!
JA, WEIL ICH IHM ALS KOLLEGE AM HERZEN LIEGE...
ABER LIEBE UND SO...
SO WEIT GEHT DAS WIRKLICH NICHT...
ICH BIN ZU GEWÖHNLICH UND HAB NICHT GENUG AUF DEM KASTEN...
EINMAL HAB ICH IHM MEINE GEFÜHLE GESTANDEN UND ER LIESS MICH ABBLITZEN ...
DEIN ERNST? DAS WAR BESTIMMT EIN MISSVERSTÄNDNIS!
...
AH!
SIEH MAL HER!
ICH ZEIG DIR WAS TOLLES!
...?
ÖHÖM!
AH ...
AH ...

DIE PERSON, DIE DU LIEBST ...
... IST MATSU-BARA, ODER?
SCHOCK
...!!!
HEY ...
HASP
HASP
PST! NICHT SO LAUT!
WEISST DU NICHT, DASS ALKOHOL DIE ZUNGE LOCKERT?
ABER ...
POCH
POCH
HN...
ZUCK
POCH
POCH
SCHNAUF

NEIN ...
ZONG
ACH JE...
WAS MACH ICH HIER ÜBERHAUPT ...?
ICH RÄUM AUF!
HETZ
HETZ
HEEE!! WARTE DOCH!
DAS WAR NUR EIN WITZ!
DAS BESTE KOMMT ERST NOCH!
NEIN DANKE!
JETZT SEI DOCH NICHT SO!
HEY, KARIYAN.
ES BLEIBT UNTER UNS...
FLÜSTER
FLÜSTER
ICH SAG KEINEM WAS...
ALSO, VERRÄTST DU UNS DIE WAHRHEIT?
...
IN...
... WAHRHEIT...

... BIN ICH...
RÜTSCH
UWAH!
WUMMS
UOH!
WAS MACHST DU...?
ALLES OKAY?
AUTSCH...
DAS ERGIBT ...
... KEINEN...
... SINN ...
SCHÄÄÄM
...
FÜR MICH SCHON.
... IN MATSUBARA VERLIEBT ...

ICH GLAUB, ICH WEISS, WARUM ER ...
... DICH HAT ABBLITZEN LASSEN.
ER WEISS, WIE AUFRICHTIG UND ERNST DU BIST...
ER WOLLTE DIR EINFACH DIESEN SCHWEREN WEG ERSPAREN, GLAUBE ICH.
WIE ...
SCHWEREN WEG...?
DU VERSTEHST DAS VIELLEICHT NICHT...
... ABER MIT 'NEM KERL ...
... NOCH DAZU EINEM HETEROKERL, ZUSAMMEN SEIN ZU WOLLEN...
DARAUF KANN EINEN NIEMAND VORBEREITEN...
KINE ...?

WIE DEM AUCH SEI!
WAS WEISS DENN ICH!
HE, IHR BEIDEN, AUFWACHEN!
PATSCH
PATSCH
UGH ...
ZURÜCK AUFS ZIMMER MIT EUCH!
UÄÄÄRGH!!
HAB ZU VIEL GETRUNKEN ...
REISS DICH ZUSAMMEN!
KANN ES SEIN...
... DASS ICH DERJENIGE BIN...
... IN DEN SICH KARIYA VERLIEBT HAT...?
NEIN ...
ER IST BETRUNKEN ...
MEIN NAME IST NUR ZUFÄLLIG GEFALLEN ...

MATSU!
ZUCK
GIB DIR EINEN RUCK!
SONST WIRST DU ES SPÄTER BEREUEN!
BADOMM
ABER ICH...
...HABE BE-SCHLOS-SEN, IHN NICHT NOCH MAL ZU BELÄSTI-GEN...
ICH BEREUE NICHTS ...
KARIYA?
KARIYA!
WO IST ER NUR HIN...?
DER UMZUGS-WAGEN KOMMT DOCH BALD...
AH!
SAG NICHT, ER IST...

WUSSTE ICH'S DOCH...
SSST
SSST
DIR GEFÄLLT'S HIER OBEN RICHTIG GUT, WAS?

FSCHHH
FSCHHH
OB-WOHL ...
UGH ...
... ICH EIGENT-LICH NICHTS BEREUEN SOLLTE ...
AH...
WIESO ...
WIESO NUR...

WARUM BLOSS HAB ICH MICH...
... IHN IHN VERLIEBT ...?
TROPF
HN ...?
OH...

WAS?!
HEY ...
HASP
MATSU-BARA?!
WARUM WEINST D...
FWASCH
KARIYA ...
ICH LIEBE DICH!

...
ICH LIEBE DICH ...
... SO SEHR...
... ES SCHNÜRT MIR DIE BRUST AB ...
... UND ICH KOMM SCHIER UM DESWEGEN!
MA...
MA-TSU-BARA ...
KARIYA ...
DRÜCK
BITTE ...

WENN AUCH NUR DER HAUCH EINER CHANCE BESTEHT ...
... DASS DU DIR VORSTELLEN KÖNNTEST, MIT MIR ZU-SAMMEN ZU SEIN...
... DANN ERWIDERE BITTE MEINE GEFÜHLE ...!
PATT
PATT
... DOCH NICHT...
ABER DU SOLLST ...
FWAMM

MIT DIR AN MEINER SEITE ...
... SCHAFFE ICH JEDEN NOCH SO SCHWEREN WEG!

NIEMANDEN WERDE ICH SO SEHR LIEBEN WIE DICH...
NICHT JETZT ...
... NICHT MORGEN ...
FÜR MICH GIBT ES NUR DICH!
SOLL SICH VON MIR AUS DOCH...
... DIE GANZE WELT GEGEN UNS VER-BÜNDEN ...

WAS SAGST DU DENN DA...
... FÜR EINEN UNSINN...
ICH HABE MEINE GEFÜHLE AKZEP-TIERT ...
... UND ICH BIN ES LEID, VOR IHNEN DAVONZU-RENNEN!
FHHH
KARIYA ...
DU DUMM-KOPF ...

ICH KANN NICHT SAGEN, WAS PASSIEREN WIRD...
ICH GARANTIERE FÜR NICHTS...
GUT ...
UND WENN DU ES BEREUST, MIT MIR ZUSAMMEN ZU SEIN...
... LIEGT DIE VERANTWORTUNG ALLEIN BEI DIR...
OKAY.
ABER ICH WERDE NICHTS BEREUEN.
UND ICH GEH TROTZDEM IN DIE USA.
DRUCK
ICH WERDE WARTEN.
UND DAMIT DU UNBESORGT WIEDER ZURÜCKKEHREN KANNST...

... WERDE ICH UNS EIN ZUHAUSE SUCHEN.
UND DORT AUF DICH WARTEN.
BADOMM
BADOMM
BADOMM
VERDAMMT ...
DU BIST JÜNGER ALS ICH UND SAGST SO FILMREIFE SACHEN...
WEISST DU...
SCHON LANGE ...
... BEVOR DU SO GEFÜHLT HAST...

... WAR ES BEREITS UM MICH GESCHEHEN...!
VROOOO
OH...
EIN FLUGZEUG.
KARIYA ...
OB'S IHM GUTGEHT...?
REDEN WIR NOCH MAL...
... WENN ICH ZURÜCK BIN.

BIS DAHIN MÖCHTE ICH, DASS DU DIR DAS NOCH MAL GENAU ÜBERLEGST.
OB DU MIT EINEM ANDEREN MANN ZUSAMMEN SEIN KANNST.
HÖR AUF DEIN HERZ ...
... UND WÄHLE DEN WEG, DER DIR SELBST ENTSPRICHT.
AN ERSTER STELLE ...
... WILL ICH NÄMLICH NUR, DASS DU GLÜCKLICH BIST...
MIT DIESEN WORTEN ...
... WAR KARIYA NACH AMERIKA AUFGEBROCHEN.
UND WENN ES DOCH NICHTS FÜR DICH IST...
... DANN VERGISST DU MICH EINFACH, OKAY?
WIE LEBT ES SICH ALS LGBT
ÜBER HOMOSE
OFFEN GESAGT ...
... KONNTE ICH MIR GAR NICHT VORSTELLEN, WAS EINE SCHWULE BEZIEHUNG FÜR PROBLEME BRINGEN KÖNNTE.
ICH WUSSTE NUR...
... DASS ES NICHT WEITERGEHEN KONNTE WIE BISHER.

ICH MÖCHTE IHM SÄMTLICHE SORGEN NEHMEN ...
ICH WILL FÜR IHN DA SEIN KÖNNEN ...
DARUM HABE ICH BESCHLOSSEN, ZU DEM MANN ZU WERDEN, DER ZU IHM STEHT UND IHN UNTERSTÜTZEN KANN...
EIN JAHR SPÄTER
ER KOMMT NICHT...
ACH ...
DANN HAT ER WOHL DOCH ERKANNT, DASS DAS...
... NICHTS FÜR IHN IST...
WUNDERT MICH AUCH NICHT ...
ER IST 'NE HETE UND SOWIESO PESSIMISTISCH...

WAS SOLL NICHTS FÜR MICH SEIN?
PATT
UWAH!
M-MA-TSUBARA ...?!
DU BIST ZURÜCK, KARIYA.
SORRY, BIN SPÄT DRAN.
DER KUNDE HAT MICH NICHT GEHEN LASSEN ...
KUNDE ...
AH, ICH VERSTEHE ...
ICH DACHTE ECHT...
... DASS ICH NICHT KOMMEN WÜRDE?
POCH
...
DASS DU...
SEUFZ
... ANGST BEKOM-MEN HAST VOR EINER SCHWULEN BEZIEHUNG ...

... UND DASS DU MICH NICHT MEHR MAGST ...
KISS♡
...?!
わあああっ
SCHÄÄÄM
'TSCHUL-DIGE, DU BIST EINFACH SO SÜSS!
ALTER ...!!
KARIYA.
ICH HAB MICH GUT INFORMIERT UND NOCH MAL GRÜNDLICH DARÜBER NACHGE-DACHT.
MEIN ENT-SCHLUSS STEHT FEST.
ICH LIEBE DICH, KARIYA.
UND WENN DU DAS AUCH ÜBER MICH BEHAUPTEN KANNST ...
... DANN SCHAFFEN WIR DAS, KOMME, WAS WOLLE!

FINDEST DU DAS ...
... BLAUÄUGIG?
NEIN, DAS IST ES NICHT...
ICH MOCHTE DAS MORIYAMA-WOHNHEIM SEHR.
DASS ICH DAS LEBEN IN TOKYO ERTRAGEN HABE, LAG VOR ALLEM DARAN, DASS WIR HIER TROTZDEM DIE NATUR DIREKT VOR DER HAUSTÜR HATTEN.
WEISST DU... MEIN ALTES ICH WÄRE AM BODEN ZERSTÖRT GEWESEN DARÜBER, DIESEN ORT ZU VERLIEREN... UND ICH HÄTTE MICH AUCH NICHT MEHR DAVON ERHOLT...
ABER ...
... JETZT IST ALLES ANDERS.
WEIL ICH DICH HABE.
...

DU HAST MEINETWEGEN VERSUCHT, DIESEN ORT HIER ZU BESCHÜTZEN.
NUN IST ES AN MIR, DICH ZU BESCHÜTZEN.
FWUPP
ALSO IRGENDWIE ...
... HAST DU DICH IN DEM JAHR ECHT GEMAUSERT ...!
MEINST DU? ICH HAB MIR NUR DICH ZUM VORBILD GENOMMEN...
FRÜHER HÄTTEST DU SOLCHE KOMPLIMENTE NIE GESAGT...

DU BIST ERWACHSEN GEWORDEN ...
VERMISST DU DEIN ALTES ICH NICHT EIN BISSCHEN ...?
KICHER
EIGENTLICH IST NOCH FAST ALLES BEIM ALTEN.
...?
DENN ...
... ICH MOCHTE DIE GEGEND HIER SO SEHR, DASS ICH IN EIN HAUS AM FUSS DES BERGES GEZOGEN BIN.
EIN HAUS?!
NUR ZUR MIETE... ICH DACHTE, DORT KÖNNTEN WIR ZUSAMMENLEBEN...
?!
NATÜRLICH NUR, WENN DU NICHTS DAGEGEN HAST...
SPINNER ...
WARUM SOLLTE ICH!
TATSCH
WIEDER MIT DIR ZUSAMMENZULEBEN ...

... IST DAS GRÖSSTE FÜR MICH!
HN ...
UH ...
HN ...
HNN ...
AH ...
KISS
ZUCK
KISS
MATSU-BARA ...
KISS
WARTE ...
NICHT DORT ...
SLPP
WARUM NICHT ...?
MEINET-WEGEN MUSST DU IHN MIR NICHT REIN-STECKEN ...
WAS ...

STEHST DU EHER AUF ORAL-VERKEHR?
WAS?!
ORAL ...?
IN DEM EINEN BUCH STAND, DASS DIE HÄLFTE ALLER SCHWULEN ORALSEX BEVORZUGT ...
NEIN ...
DAS WÜRDE ICH SO NICHT SAGEN ...
ABER AUCH ALS AKTIVER IST ANALSEX NICHT OHNE... MAN MUSS SCHON VORSICHTIG SEIN...
AUSSERDEM IST DAS JA DEIN ERSTES MAL MIT EINEM KERL ...
ICH WILL NICHT, DASS DU GE-SCHOCKT BIST...
MEINET-WEGEN MÜSSEN WIR NICHT SO WEIT GEHEN.
WENN DU DICH DANN SICHERER FÜHLST, KÖNNEN WIR JA...
HMPF
SWUSCH
WAH!
WUMM
REIB
ALS OB MICH DAS SCHOCKEN WÜRDE!

WEISST DU EIGENT-LICH, WIE LANGE ICH HIERAUF GEWARTET HABE?!
RAMM
AH...
BAMM
AH...
BAMM
BAMM
HN!
BAMM
HH ...
HH ...
BAMM
MEIN HERZ ...
FTSCH
NICHT ...
FTSCH
GLPP
FTSCH
BAMM
NEIN, MEIN GANZER KÖRPER ...
... SO FEST...
AAH ...
BAMM
... VER-ZEHRT SICH NACH DIR!
HH...
LASS MICH MEHR DAVON HÖREN!
HH...
HH...
WIE SÜSS DU KLINGST ...
SP...
SPIN-NER...

SLLP
MH ...
FLTSCH
AH ...
ICH WILL EINS WERDEN MIT DIR!
PAMM
AH!
PAMM
PAMM
AH ...
AH ...
PAMM
UND DANN ...
GLPP
... LASSE ICH DICH ...
MH...
ZUCK
BAMM
AH!
AH ...
GLPP
BAMM
BAMM
... NIE WIEDER GEHEN!
ZUCK
UGH ...
MATSU ...
HH...
HAAAH...
... BARA ...
KARIYA ...
ICH LIEBE DICH...!
ICH LIEBE DICH SO SEHR...

BITTE GIB DICH...
... GANZ MEINER LIEBE HIN...
HN...
WO...

ACH ...
STIMMT JA...
ICH HAB JA ENDLICH MIT IHM ...
AH...
WAS DENKST DU DIR DABEI!
SWUSCH
OBWOHL ER HETERO IST...
IST DOCH EGAL JETZT.
!
WIR SIND EIN NORMALES LIEBESPAAR.
NICHT MEHR UND NICHT WENIGER.
ÄH ...
POCH
JA ...
DU HAST BESTIMMT HUNGER.
ICH HAB FRÜHSTÜCK GEMACHT.
WAS?! DU SELBST?!
MIT DEINEN KOCHKÜNSTEN KANN ICH NICHT MITHALTEN ...

VER
... ABER ICH HAB'S MIT EXTRA VIEL LIEBE ZUBEREITET!
KNALLT
GUTEN APPETIT ...
SCHLURF
IST DAS LECKER!
BEEEB
DU HAST SOGAR DIE FISCHBRÜHE SELBST GEMACHT...
DAS MERKST DU?
KLAR! KEIN VERGLEICH ZU DEN FERTIGSUPPEN IN AMERIKA...
SAG MAL...
DU HAST GESTERN SO TRAURIG AUSGESEHEN, ALS DU DIE BLUMENKÄSTEN GESEHEN HAST. WAR IRGENDWAS?
ACH ...
DA WAREN MAL BLUMEN DRIN, DIE ICH ANGEPFLANZT HATTE...
WAS?
ACH DIE?
KEINE SORGE, DIE SIND BEI MIR!

KLACK
SIE SIND UNGLAUBLICH GEWACHSEN, WÄHREND DU WEG WARST.
ICH HAB SIE ALLE IN DEN GARTEN HIER UMGE-PFLANZT.
KLAPP
WOW ...
TAT-SACHE...!
KRASS!
DAS IST JA DAS REINSTE BLUMENMEER!
WUSSTE GAR NICHT, DASS DU EINEN GRÜNEN DAUMEN HAST!
STRAHL
STRAHL
SMILE
SMILE
ICH WOLLTE DIR EINE FREUDE BEREITEN.

ECHT JETZT ...
ICH GLAUBE, SO GLÜCKLICH WAR ICH IN MEINEM GANZEN LEBEN NOCH NICHT...
ES WIRD NOCH ETWAS DAUERN ...
GEHT MIR GENAUSO!
SO GLÜCKLICH!
NOCH HINKE ICH DIR HINTERHER...
... ABER EINES TAGES WERDE ICH DIR DER PERFEKTE PARTNER SEIN!
SO, WIE ICH MICH UM DIESE BLUMEN KÜMMERE ...
... WERDE ICH AUCH DEIN LÄCHELN BESCHÜTZEN!

Ende

Full
BLOOM

KARIYA UND DIE BLUMEN
ALS KARIYA GERADE FRISCH INS WOHNHEIM GEZOGEN WAR...
RUMPEL
NANU ...?
ICH HATTE JA GAR KEINE AHNUNG ...
... DASS WIR...
... SO VIELE BLUMENKÄSTEN HABEN ...
ALTER.
DIE HAB ICH NATÜRLICH GEKAUFT! WAS DENN SONST?
WIRKLICH?
WILLST DU GEMÜSE ANBAUEN?
NEIN, BLUMEN!
GAZANIEN, TORENIEN UND PURPUR-SONNENHÜTE!
WARUM GERADE BLUMEN ...?
FINDEST DU DEN EINGANGSBEREICH ETWA NICHT TROSTLOS?
HIER FEHLT EIN WENIG PRUNK! IRGENDWAS, DAS GLITZERT!
ACH JA ...?

LAUT FENG-SHUI BETRITT DAS GLÜCK DAS HAUS NÄMLICH AUCH DURCH DAS EINGANGSTOR.
DAHER IST ES WICHTIG, IN DIESEM BEREICH BLUMEN AUFZUSTELLEN ODER ANZUPFLANZEN!
AHA ...
HE! DU MACHST DICH ÜBER MICH LUSTIG, ODER? WEIL ICH ALS KERL AN FENG-SHUI UND SOLCHE SACHEN GLAUBE...
ABER ICH SAG DIR EINS, FREUNDCHEN: WER KARRIERE MACHEN WILL, MUSS IN JEDERLEI HINSICHT OFFEN SEIN!
STUPS
STUPS
AHA ...
DAMALS ...
... FAND ICH ES DROLLIG, WIE ABERGLÄUBISCH ER IN MANCHEN DINGEN WAR.
MATSUBARA
KLICK
KLICK
MACH AUCH VON MIR EIN FOTO!
OKAY, DANN SAG »PEACE«!
DOCH JETZT GLAUBE ICH AUCH DARAN...
... DASS BLUMEN GLÜCK BRINGEN.
Ende

MÄNNER-SACHEN
HH ...
HN ...
AH ...
SLPP
MH ...
SLPP
HH ...
HH ...
RAMM
RAMM
AAAH ...
AH ...
ZUCK
GENAU DORT ...
HIER ...
FLITSCH
AH ...
GLTSCH
NICHT WAHR ...?
ICH HAB MIR GENAU GEMERKT ...
PAMM
... WAS DU GERNE MAGST...
AH!
PAMM
HN!
FLITSCH
SPÜR MICH...
... IN DIR...
PAMM
AGH!
PAMM
PAMM
AGH!

LASS UNS VER-SCHMEL-ZEN...
NNNH...
ででん!
MISSTRAUISCH
SAG MAL ...
ICH FRAG DAS NUR UNGERN, ABER ES LÄSST MIR EINFACH KEINE RUHE ...
WA...
WAS IST DENN...?
MA-TSU-BARA ...
DU...
DU HAST ES SCHON MAL MIT 'NEM KERL GETRIEBEN, ODER?!
WAAAAS?!
WIE MEINST DU DAS DENN?!

ICH MEIN'S ERNST, VERDAMMT!
SORRY ...
KRCK
ABER WIE KOMMST DU DA-RAUF...?
SCHMIEG
WEIL'S DIR SO LEICHT-FÄLLT...
BEIM ERSTEN MAL HAST DU MICH AUCH GLEICH GEFICKT...
ÄH...
WAR DAS FALSCH ...?
NEIN, DAS NICHT ...
ES IST NUR...
ICH HAB DICH ...
... IMMER FÜR HETERO GEHALTEN ...
WARUM HAST DU MIR NICHT GESAGT, DASS DU SCHON ERFAHRUNG HAST?
ABER DU WARST MEIN ERSTER ...!
LÜG NICHT!
SWUPP
DAS IST WAHR!
A-ABER DU BIST VIEL ZU GUT IM BETT!
ICH HAB DAS STUDIERT ...
SO WAS BRINGT EINEM DOCH KEIN BUCH DER WELT BEI!

NEIN.
ABER PORNOS.
ADULT VIDEO
AV!?
KINE WAR SO NETT UND HAT MIR EIN PAAR VON SEINEN SCHWULEN-PORNOS AUSGE-LIEHEN...
ACH, SAG BLOSS! ALSO LÄUFT DAS JETZT MIT DIR UND KARIYAN? WIE GEIL! DANN BRAUCHST DU ALTE HETE ERST MAL NACHHILFE IN SACHEN SCHWULEM SEX! DAS LÄUFT NÄMLICH ANDERS AB ALS BEI MANN UND FRAU. ABER KEINE SORGE, ICH KANN DIR ALLES DARÜBER BEIBRINGEN!
ÄH ...
DVD
JEDEN TAG...
JEDEN ABEND ...
MATSUBARA?
GESCHÄFTSMÄNNER, SPORTLER, STUDENTEN, SM-SPIELCHEN, DILDOS, ORGIEN...
... HAT ER MIR EIN ANDERES GENRE GEZEIGT ...
ICH STEH VOLL DRAUF, WENN SO MUSKELKERLE HART RANGENOMMEN WERDEN! IST DAS GEIL!
OH!
ACH SO...
OH!
OH!!
ACH ...
SO IST DAS ALSO...
TUT MIR LEID, DASS ICH DIR MISSTRAUT HABE...
PATT
SCHON GUT... WENN ICH DICH ZUFRIEDEN-STELLEN KANN, WAR ES JA ALL DIE MÜHE WERT...
HA, HA, HA ...

Ende

KARIYA.
ES WURDE WINTER
WOLLEN WIR NEUJAHR MIT MEINER FAMILIE VERBRINGEN?
WA...?
FLUPP
A-AUF GAR KEINEN FALL, MANN!
WARUM NICHT?
KEIF
MAMPF
MAMPF
DAS FRAGST DU NOCH...?
WIE WILLST DU MICH DENN VORSTELLEN?
ALS KOLLEGEN? ALS KUMPEL?
ABER ICH HAB SCHON GESAGT, DASS ICH MEINEN SCHATZ MITBRINGEN WERDE.
DANN ERST RECHT NICHT!
DIE ERWARTEN EIN MÄDEL UND DANN TAUCH ICH AUF? NEIN DANKE!
ABER SIE WISSEN SCHON, DASS DU EIN KERL BIST.
ICH SAG DOCH... WARTE, WAS...?

ANFANGS WAREN SIE EIN BISSCHEN GESCHOCKT, ABER DANN...
Und der will mit dir zusammen sein, obwohl du immer so schüchtern bist?
Dann muss es ein guter Mensch sein.
Bring ihn nur mit!
Ich koche euch was zu Neujahr.
... HAT SIE GESAGT.

SIE HABEN SICH AUF-RICHTIG GEFREUT ...
... DASS ICH JEMANDEN GEFUNDEN HABE, DER MIR SO VIEL BEDEUTET.
BIS ZU DEM TAG, AN DEM DU ZU DEINER FAMILIE ZURÜCK-KEHREN KANNST...
... BIST DU IN MEINER FAMILIE HERZLICH WILLKOMMEN.
DANKE ...

Ende

SUTOPPU!

**Koko wa kono manga no owari dayo.
Hantaigawa kara yomihajimete ne!
Dewa omatase shimashita!
Tanoshii hitotoki wo dozo!**

Egmont Manga Chiimu

STOPP!

**Das ist der Schluss des Mangas.
Fangt bitte am anderen Ende an!
Und nun genug der Vorrede,
viel Spaß beim Lesen!**

Euer Egmont Manga Team

„Full Bloom" von Mariko Nekono
Aus dem Japanischen von Gandalf Bartholomäus
Originaltitel: „Moriyamaryo de Hana ga saku"

Originalausgabe:

First published in Japan in 2017 by SHINSHOKAN CO., Ltd. Tokyo
German version published by EGMONT Verlagsgesellschaften mbH under license from SHINSHOKAN CO., Ltd.
Original Cover Design / yo-yo Suzuki

Deutschsprachige Ausgabe:

verlegt durch Egmont Verlagsgesellschaften mbH,
Alte Jakobstr. 83, 10179 Berlin

1. Auflage

Verantwortliche Redakteurin: Inga Wurzbach
Korrektorat: Ulrike Marotz
Koordination: Manuela Rudolph
ISBN 978-3-7704-5816-5

Lektorat: Marcel Le Comte
Gestaltung: Claudia V. Villhauer
Printed in the EU